6600万年の革命

ピーター・ワッツ

地球を出発してから6500万年。もはや人類や故郷の存続も定かではないまま、恒星船〈エリオフォラ〉は銀河系にワームホールゲート網を構築する任務を続けていた。乗組員のひとりサンデイは任務を忠実にこなしていたが、あるとき衝撃的な事件に遭遇し、極秘の叛乱計画に加わることを決意する。それは数千年に一度だけしか冷凍睡眠から目覚めない彼女たちと、船の全機能を制御するAIの、百万年にも及ぶ攻防だった。現代SF界随一の鬼才、星雲賞受賞『ブラインドサイト』の著者が放つ傑作ハード宇宙SF。

6600万年の革命

ピーター・ワッツ
嶋田洋一訳

創元SF文庫

THE FREEZE-FRAME REVOLUTION

HITCHHIKER

by

Peter Watts

目次

国連ディアスポラ公社（UNDA）
DCP〈エリオフォラ〉
重力分布図

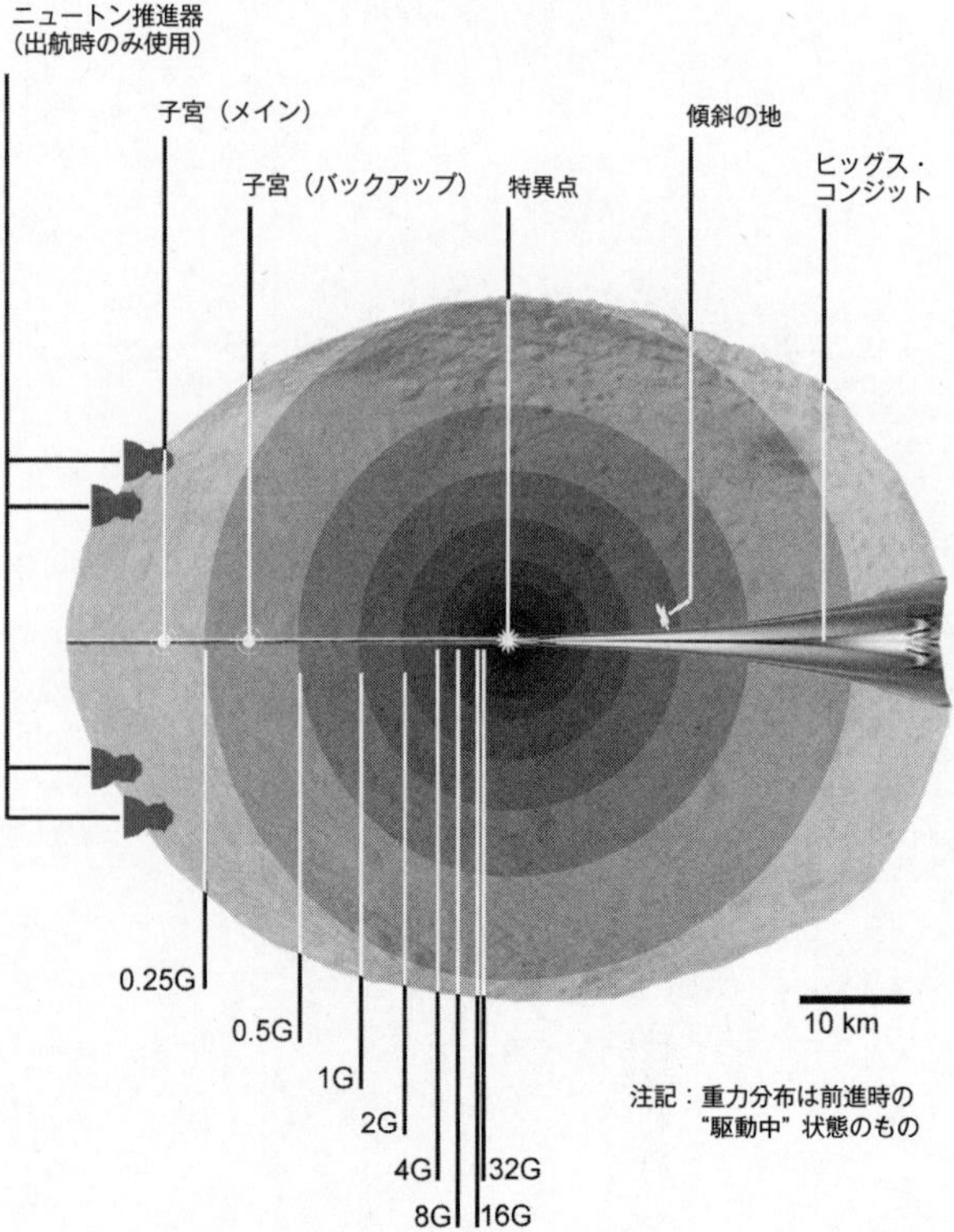

6600万年の革命

バナナ／チップの思い出に。
どっちも相手が嫌いだった。

6600万年の革命

出航当初、**わ**たしはよく一人遊びをしていた。解凍されるたびに旅した距離を集計し、〈エリオフォラ〉をタイムマシンに見立てて、外宇宙に向かうのではなく歴史を遡《さかのぼ》っているのだとしたら、今はいつごろだろうと考える。ほら、見て。最初の〝構築〟は産業革命の時代になる。イスラム文明の黄金期に二回の構築があり、七回めは商王朝時代だ。思うに、わたしはこの永劫《えいごう》の探検行を自分なりに、肉袋が内臓感覚で理解できるスケールに落とし込もうとしていたらしい。ただ、それはうまくいかなかった。むしろ正反対だったと言える。ディアスポラを地上の歴史に縛られた憐《あわ》れな限界の中に押し込めて、得意げになっていただけだ。

最初チンプは第七ゲートの構築まで誰も解凍しようとしなかった。任務開始から四千年近くになる。わたしは人類文明のほとんどの期間を眠って過ごした。はじめて目覚めたのはミノア文明が没落したころだ。カイはクフ王のピラミッドが建造されている時代に目覚めていたようだが、わたしが次に霊廟《れいびょう》から呼び出されたときには、時代は最終氷期《ひょうき》に差しかかっていた。その後わたしたちは石器時代を通過し、五千個めのゲートを構築したころ——肉体がデッキ上で立ち会ったのはそのうちの三百回に過ぎないものの——ようやく銀河系を一周し終えた。

諦めたのはアウストラロピテクスのあとだった。ばかな遊びだった。子供の遊びで、最初からうまくいくはずがなかった。わたしたちは穴居人《けっきょじん》にすぎない。使命だけは超越的だが。

なぜそんな子供っぽい暇つぶしを再開することにしたのか、自分でもよくわからない。無駄なのはわかっていたし、そのあいだに宇宙そのものも膨張しているのに。それでも、すべてがおかしくなったあと、もう一度やってみることにした。時計を呼び出し、数世紀を差し引いて。すでに円盤を三十二周し、後方には十万個を超えるゲートがある。わたしたちは大量の素材をこそげ取ってきた。神が天上から見下ろせば、氷や砂利をきれいに拭われた小さな泡が歪《ゆが》んだ螺旋《らせん》になって、これまでの航程を示しているのがわかるだろう。

昔の暦で六千六百万年。それだけの期間を旅してきた。白亜紀《はくあき》の終わりあたりだ。数千年の前後はあるだろうが、〈エリオフォラ〉の小型のきょうだいの一つが地球の顔を殴って恐竜を一掃した日、革命が起きた。

どういうわけか、わたしはそれをある意味おもしろいと感じた。

偶発的な悪魔

彼女を壊したのはモノセロス・リングでの構築だった。ゲートを起動した直後に出てきたグレムリンだ。まるで数世紀のあいだ一秒ごとに飢えと憎しみを募らせながら、わたしたちが虚空をのろのろと進んで、そいつを解放するのを待っていたかのように。それは〈エリオフォラ〉出航後に変容した人類なのかもしれない。あるいはあとからやってきて人類を丸呑みし、わたしたちが敷設したハイウェイを辿《たど》って、それを末端まで食い尽くそうとした連中とも考えられた。

そんなことはどうでもいい。まったくどうでもいい。わたしたちはゲートを生み出し、ゲートは怪物を生み出した。その怪物はわたしの中の何かを掻《か》き立てた。はっきりとはわからないが、かすかになじみのある反響を。考えられている以上によくあることだ。途中にじゅうぶんなギガ秒を積み上げると、いずれ後方視界に同一モデルが見えるようになってくる。

わたしたちを救ったのはいつものプロトコルだった。起動後の減速は自殺行為だ。新生ワームホールが発する放射線は、偶発的な悪魔がチャンスとばかりわたしたちを呑み込む何秒も前に、わたしたちを灰に変えてしまう。だからいつものように、その針に糸を通した。裸馬の特異点に乗って自分のせいぜい二倍くらいの大きさしかない環帯《フープ》をくぐり、秒速六万キロで回路を閉じ、遅延ゼロであっちとこっちをつなぐ。法則が変わっていないことを信じ、数学と物理学と、こっち**の**ケツを守ってくれる距離の二乗の幾何学《きかがく》が、波頭が到達する前にあっちをじゅうぶん減衰させてくれることを期待して。

放射線を出し抜き、グレムリンを出し抜き、二種類の不確かな死が船尾に赤方偏移《せきほうへんい》していくと、チンプがわたしの目の隅に小さな黄色いアイコンを点灯させた――

医療支援が必要？

――が、その理由がわかったのは、振り返ってリアンを見て、彼女が震えているのに気づいたからだった。

わたしは手を伸ばした。「リアン、だいじょ――」

彼女は手を振ってわたしを退《しりぞ》けた。息づかいが浅く速い。脈拍は心臓が喉から飛び出しそうなくらいだ。

「だいじょうぶ。ちょっとだけ……」

医療支援が必要？

人間の脆弱《ぜいじゃく》なコントロールが自己主張しようとしているのがわかった。それはもがき、弱まり、なかなかうまくいかないが、それでも息づかいは穏やかになっていく。

医療支援が必要？　医療支援が必要？


わたしはアイコンを消した。

「リアン、どうしたの？　あれが追いつけないこと**は**わかってるでしょ」

彼女は今まで見たことのない表情をわたしに向けた。「あなたはやつらに何ができるかわかってない。やつらが何なのかさえ知らない。何も知らないのよ」

「こっちに追いつこうとするだけで、スタートから十キロ秒で光速の二十パーセントまで加速しなくちゃならないことは知ってる。そんなことができる相手がその気になったら、とっくにわたしたちを虫みたいに叩き潰してるはずだってこともわかってる。あなただってわかってるはず」

少なくとも以前はわかっていたはずだ。

「それがあなたのやり方？」小さな笑い声は、ヒステリーぎりぎりに聞こえた。

「やり方？」

「そうやって自分を納得させてるんでしょ？　今まで起きてないから、これからも起きないって？」

構築のためデッキにいるのは五人で、わたしは彼女がおかしくなったとき、そばにいることになっていた。「リア、そんな考えをどこからひねり出したの？　ゲートの九十五パーセントでは何も起こらなかったのに」

「それが気休めになるとでも？」彼女は両手を広げた。敗北と反抗を同時に示す矛盾したしぐさだ。「こんなことをどれだけ続けてきたんだったかしら」

「あなたもわたしと同じくらいよく知ってるでしょ」

「人間帝国の拡張。それが今ごろどんなものになってるか知らないけど」まるでそれが目新しいニュースだとでもいうように。「新しいゲートを構築しても、何も出てこない。絶滅してしまったから？　もう気にかけてないから？　わたしたちのことなんか忘れちゃったから？」

わたしはぽかんと口を開けた。

「それとも――」リアンは話しつづける。「ゲートを構築すると、誰かがわたしたちを殺そうとするから？　あるいは――」

「あるいは、ゲートを構築すると、何かすばらしいことが起きるから」わたしは強い口調で言った。「泡を覚えてる？ あの豪華だった泡を？」泡は虹色《にじいろ》に沸き立ちながら環帯を通過し、美しくきらめき、互いに踊りまわりながら成長して都市ほどの大きさになり、そのまま消え去った。

その思い出に、リアンは小さく歪んだ笑みを浮かべた。「ええ。あれが何だったっていうの？」

「あれはわたしたちを食べなかった。それが言いたいのよ。襲ってさえこなかった。わたしたちは今も生きてるわ、リアン。うまくやってる――それどころか、あなたが持ち出すどんな基準に照らしたって、想定以上にうまくやってる。しかも銀河系を探検してるのよ。それがどれほど驚くべきことか、どうして忘れてしまえるの？ 地球の人たちは――わたしたちが見てきたものを想像することさえできない」

「夢じゃない夢の中に生きるなんて」彼女はまた小さく笑った。「それって最高じゃない、サンディ」

生化学的な怪物たちが背後で薄れていくのが見えた。戦術タンクの中でアイコンの群れが瞬《またた》いて、アップデートされる。わたしはブリッジの弱い光がデッキの表面に反射するのを見つめた。

「どうして彼らは――話しかけてこないの？ ときどき〝やあ〟くらい言ってくれてもい

いんじゃない？　せめて一度だけでも」

「知らない。出航前にマダガスカル島に立ち寄って、木の上にいるトガリネズミに〝手を貸してくれてありがとう〟って言ったことがある？」

「どういう意味？」

「別に。ただ――」わたしは肩をすくめた。「今では別の優先順位があるんだろうってこと」

「計画はとっくに終了してた。わたしたちは何百万年も前に呼び戻されることになってたはずよ。いいえ――」と震える片手を上げ、「――永遠に進みつづけるなんてはずじゃなかった。あのくそリングを、いったいいくつくぐり抜けてきた？」彼女が腕を大きく広げると、チンプがそのしぐさを誤解し、わたしたちの脳のうしろにこの周辺の星の海を表示した。「残ってる人類はわたしたちだけかもしれない。今じゃもう円盤全体にゲートを作り終えてるのかもしれない」

　わたしは小さく笑ってみようとした。「銀河系は広大だわ。そうなるまでに、まだ何周もしなくちゃならないでしょうね」

「どうせそうなる。間違いないわ。エンジンが蒸発して、チンプが燃料を使い果たして、わたしたちの最後の一人が霊廟の中で黴《かび》の生えた果物みたいに腐り落ちるまで続くのよ」

彼女はちらりと戦術タンクに目を向けた。同じ映像がわたしたちの頭の中にも浮かんでいるのに。「仕事はもう終わったわ、サンデイ。任務の期間はとっくに満了してる。〈エリ〉はこれほど長く任務に就くはずじゃなかった。わたしたちも」大きく息を吸い込み、吐き出す。「もうじゅうぶんだわ」

「自殺でもするつもり？」本気でわからなかったので、そう尋ねた。

「まさか」リアンは首を横に振った。「もちろん、そんなつもりはないわ」

「だったらどうしたいの？　つまり、わたしたちはここにいる。ほかにどこに行けると思うの？」

「マダガスカル島はどう？」謎めいた笑み。「居場所はあるんじゃないかしら？　トガリネズミのとなりに」

「きっとあるわ。最後に見たのから判断すると」

「ああ、もう、サン」表情がくしゃくしゃになった。「わたしはうちに帰りたいだけなの」

わたしはあらためて彼女に手を触れた。「リアン——ここが——」

「そうね、わかってる」少なくとも、今度は手を振り払われることはなかった。

「ほかにはないのよ。地球は、たとえまだ存在してるとしても——もうわたしたちのものじゃない。わたしたちは——」

「トガリネズミね」ささやくような声だ。

「ええ、そんなところ」

「でもまあ、まだどこかにぬくぬくと暮らせる、暖かく湿った森があるかもしれない」

「それでこそあなたよ。いつだって楽観的」返事がないので、こう付け加えた。「構築は終わったわ、リアン。これで非番よ。だいじょうぶ、状況はそのうちましになるわ。二、三千年もすればね」


パークとヴィクトルは無数の構築に飽き飽きし、居残って軽いおしゃべりに興じていた。わたしたちはあとから青空の下で合流し、霊廟に戻る前の気晴らしをした。

少なくとも三人は。リアンは例によって自分だけの設定にこだわった。はるか昔の南アメリカのアーカイヴから生成した、原生林の木漏れ日の下の空き地だ。システムは相容《あいい》れない現実を巧みに調和させ、戦略的な配置によって個々のシナリオを無理なく同居させていた。だからわたしたちは——成層圏で疑似ポッドの上に大の字になって寝転んだり、森の中の草地を囲んだりして——ドラッグをやりながら、成功した構築に乾杯できる。パークとヴィクトルは——性交後のけだるそうな様子で——互いに脚を重ねて横たわり、パークはぼんやりと、自分のスクロールに指で色を塗っていた。リアンは自分のポッドの上に脚を組んで座っている（こっちからはそう見えるだけで、本人は自分だけの百合《ゆり》のしとねに座っているはずだ）。

カリーの姿はどこにも見当たらない。「早めに戻ったんだ」わたしが尋ねると、ヴィクトルが答えた。

わたしは自分のグラスでパークのスクロールを示した。「新作？」

「時計仕掛けのDマイナー」

「すごくいいぜ」とヴィクトルが言った。

「屑《くず》だよ」パークが不満そうに言う。「それでも、ここまではできた」

「屑じゃない」ヴィクトルはリアンに目を向けた。「リアン、きみも聴いた……」

彼女はその場に座って敷石を見つめたまま、自分の中に沈み込んでいた。

「リア？」

「その、ちょっとあってね。ブートのあとで」わたしはグレムリンの映像を表示した。

パークが顔を上げる。「へえ」

「あれは顎かな？」ヴィクトルが問いかける。

「ウォルドーみたいなもんだと思う」とわたし。

ヴィクトルは片手の指を鉤爪《かぎづめ》のように曲げて開閉させた。「最近はやりの挨拶じゃないかな」一拍置いて、「意味のあることを言った……？」

「どの周波数帯でも、何も聞こえなかったわ」

「ポストヒューマンの交尾儀式」パークが意見を述べる。

「聞いた中で最悪ってほどではないけど」わたしは肩をすくめた。「向こうがこっちのケツを蹴飛ばすつもりなら、今ごろ粒子ビームかミサイルでも使ってるでしょ。大口を開けて追いかけてくるより、そのほうが理にかなってる」

もちろんリアンに向けた言葉だったが、彼女は何も言わず、床を見つめたままだ。何らかの悪夢に目を凝らしているのかもしれない。

突然、誰もが黙り込んだ。

半記憶がかちっと音を立て、固定化した。「あれが何に似てるかわかんない？　あの何とかいう名前のタランチュラよ」

みんなぽかんとしている。

「前部が似てるでしょ。ほら、あの――牙があって、並んでる小さな球が目みたいな」

「タランチュラが船内に？」〝タランチュラ〟の定義を調べるためアーカイヴにピンを打つくらいの時間のあと、パークが言った。

「普通のじゃなくて、遺伝子操作されてるやつ。シフトとシフトのあいだは彼の棺《ひつぎ》の中にいて、誰かに踏み潰されたりしない限り、ゆうに二百年は生きるって言ってた」

「誰が言ってたんだ？」とヴィクトル。

「あの男。タランチュラ・ボーイ」わたしはパティオ内を見まわした。「誰も知らない？」

「別の部族かな？」ヴィクトルが言う。チンプはときどきそういうことをした。一グループが全滅するような惨事に備えて、別の部族のメンバーを一人ローテーションに入れる。

見知った顔ならグループに溶け込むのも早いとか何とか言って。

わたしは頭上に目を向けた。「チンプ？　わたしが誰のことを言ってるかわかる？」

「タランチュラ・ボーイという名前の乗員は〈エリオフォラ〉にはいません」

「それは名前じゃなくて、特徴よ」

「外見を教えてもらえますか？」

「黒髪？　中背？　白人？」懸命に思い出そうとする。「とてもいい人？」

ヴィクトルは天を仰いだ。

「肩にタランチュラを乗せてたわ！　これで少し絞り込めない？」

「すみません、該当がありません」

「黙って持ち込んだのかもしれないな」ヴィクトルがいった。「最低でも、個人のプライヴァシー設定をいじってたに違いない」

いい点を突いていた。〈エリ〉の生物圏は生態系のバランスと永続運動を考えて精密調整されている。ミッション・コントロールは病的な強迫観念とさえいえるほど、ほんのわずかでも侵襲的と考えられるものを徹底的に敵視していた。

リアンがふらふらと立ち上がる。

「リア？　戻るの？」

彼女は首を横に振った。「その前にちょっと——散歩してくる。気分転換に、何か本物を見てこないと」

「洞窟やトンネル」とヴィクトル。「向こうも歓迎するだろう」

「どうかしら」リアンはどうにか笑みを見せた。「イースター島を見つけちゃうかも」

「幸運を祈るわ」

彼女は姿を消した。

「第二の遊牧民だな」パークが言った。

「第二の？」

「彼女がきみの足跡を辿ってるのはわかってるだろ」わかってない。ただ、確かにわたしは構築後に通路をうろついたり、霊廟に戻る前にチンプとおしゃべりをしたりするのが常だった。

「誰かあの子のことで、何か気づかなかった？」わたしはそう尋ねた。

ヴィクトルが身体を伸ばし、あくびをする。「たとえば？」

自分が個人的に落ち込んでいることを部族じゅうに喧伝《けんでん》されたらどんな気分だろうと考え、慎重に話すことにする。「何て言うか——塞ぎ込んでなかった？」

「たぶんな。グレムリンに撃たれたって話題のあと」

「そうは言っても」パークが付け加える。「グレムリンに撃たれたら、そんな反応も当然だろ」

「ええと――どういうこと？」

「あのときリアンはデッキに――」パークがわたしの顔を見る。「きみは知らないんだったな」

「何を？」

「何かが撃ってきたんだ」ヴィクトルが説明する。「二、三構築前に」

「何ですって！」

「命中したんだ」とパーク。「右舷《うげん》に大穴があいた。深さ二十メートル。あと〇・五度左にずれてたら、おしまいだった」

「くそ」思わずそうつぶやいていた。「全然知らなかった」

パークが顔をしかめる。「ミッション・ログを見てないのか？」

「知ってたら見てたわ」わたしはかぶりを振った。「誰かが教えてくれててもね」

「今教えたろ」ヴィクトルが指摘する。

「五百年前だぜ」パークは肩をすくめた。「百光年《こうねん》も離れてる」

「五百年なんてないようなもんだ」とヴィクトル。「数十億年経ってるんならともかく」

「ええ、でも――」道理でわたしの慰めの言葉が役に立たないはずだ。「まったく。銃か何かを製造したほうがいいかもしれない」

パークが鼻を鳴らした。「そうだな。チンプはきっとにんまりする」

〈エリオフォラ〉の住人のあいだには、ダイヤモンドでいっぱいの洞窟の伝説があった――船尾側の奥深く、出航用推進器の近くにあるという。それもただのダイヤモンドではなく、カットされていない六方晶ダイヤモンドだ。ロンズデーライト。太陽系内でもっとも硬い物質――少なくともわたしたちが出航した時点では――であり、レーザーで読み取ってブートすることができる。

それよりも硬度の小さいものでバックアップを作るのは、バターにデータを刻み込むようなものだった。

十億年の旅ともなれば不滅のものなど何もない。宇宙は周囲でストップモーションのように流れ落ち、自分のバックアップのバックアップのバックアップにもバックアップが必要になる。生物学に基づいたエラー修正複製戦略でさえ、突然変異を永久に遠ざけておくことはできない。それは千年に一度カゲロウのような瞬間的な生を繰り返すわたしたち肉袋だけでなく、ハードウェアにとっても同様だった。当然すぎて考えたこともなかったが、わたしが気づいたとき、チンプは八十三回の再誕《さいたん》を経験していた。

そのノードが蠅《はえ》のように繁殖して小惑星のあらゆる片隅に分散していてもじゅうぶんではない。回路そのものが石器時代のように単純であっても足りない。人間の脳の半分にも満たない数のシナプスしかないAIをナノ・スケールでいじるのは大げさすぎる。すべては崩壊し続けていく。導管は腐食し、分子十数個分の厚さの回路は時間の経過によって蒸発していく。その前にエントロピーと量子《りょうし》トンネル効果ですかすかになってしまうだろうが。

だからときどき回復してやる必要があった。

そのために生まれたのがアーカイヴだ。バックアップのライブラリ、人生そのものよりも大きなダイヤモンドのキュビズム的石板、無垢《むく》な状態のままの祖先の記念碑。時の曙《あけぼの》時代の誰かがそれをイースター島と名付けた。わたしは好奇心からアーカイヴにピンを打ち、地球のどことも知れない場所にある、けちくさい岩の塊《かたまり》に関する項目を調べ上げた。技術時代以前の住民が、とっくに死んだ祖先を記念して醜い石像を作るため、環境を破壊したことで知られる島だった。

何ともぴったりの名前だ。

バックアップ用チンプの――あるいは重力レンズや空調装置など、陽子よりも寿命の短い重要な物品の――在庫が少なくなりすぎると、〈エリ〉は鈍重なコピー／エディタを秘密のイースター島に送り返し、無機的に保管されている青写真を読み取らせる。青写真はきわめて巨大で安定していて、銀河系よりも長命なのだ。

その場所はつねに秘密だったわけではない。建造中に十数回訪れたし、訓練中にもさらに十数回通っている。だがある日、たぶんいて腕《わん》を三度めか四度めに通過したとき、シフトが終わってほかの者たちが霊廟で死んでいるあいだに、ゴーラが洞窟探検に出かけた。あとで彼が言うには、単なる暇つぶし、避けられないシャットダウンまでの、ちょっとしたレクリエーションのつもりだったそうだ。彼は高Gゾーンまで下りていき、点検用通路や亀裂を這《は》い進み、X印の場所までたどり着いた。見るとイースター島はきれいになくなっていた。岩の中に暗い穴が口を開けているだけで、岩盤から数センチのところで切断されたボルトやアンカーが並**ん**でいたという。

わたしたちが星々のあいだで眠っているうちに、チンプがアーカイヴを丸ごと移動させたのだ。

どこに移したのかは教えてくれなかった。教えられないのだと主張して。あらかじめ記録されていたミッション・コントロールの指示に従っただけで、チンプ自身、タイマーが作動して新たな指示が作業リストに出現するまで知らなかったそうだ。移設の理由も言おうとしなかった。

たぶん事実なのだと思う。プログラマーがコードに意図を説明したことがあるか？

「信用してないのさ」カイが目をぐるりと動かして言った。「八百万年も航行してきて、まだおれたちを恐れてるんだ——おれたちの何を？　自分自身の生命維持装置を破棄するんじゃないかって？　スケール・モデルに〝サワダの屁《へ》は臭い〟って落書きするんじゃないかって？」

今でもときどき捜索はしている。潰すべき時間があって、どうしても気になるとき。岩に小威力の爆薬を取り付け、この小世界に反響する震動をとらえ、未発見の洞窟を探している。チンプは止めようとしなかった。その必要がないのだ。ゴーラの発見から何テラ秒が過ぎても、わたしたちは何も発見できていない。リアンは今度こそ幸運に恵まれると思っているのかもしれない。あるいは、わたしたちのそばを離れる口実にすぎないか。

いずれにせよ、わたしは彼女の幸運を祈った。


「見つかった?」

彼女はいつもの葬送儀礼の最中だった。次に入る誰かのために部屋を清掃している。わたしなら二分で終わる作業だ。永劫の時間の中でなぜかとくにお気に入りになったジャンパー数着、わたしの、わたしだけのスタンドアローンの彫刻道具（〈エリ〉の道具なら十倍の解像度と二十倍の速度が出るけど、それでもだ）。ほかには書物――本物の骨董《こっとう》品で、目の動きを追う機能さえないため、手でページをめくらなくてはならない――が数冊あった。卒業祝いにママとパパがくれたもので、一度も読んだことはないけれど、とりわけ大切にしている。カイとイシュマエルを描いたへたくそな木炭スケッチ。三度めにりゅうこつ腕を通過したときの、肖像画に凝っていた時期の遺産だ。以上でほぼ全部。

一方、リアンは部族の半数の荷物を抱え込んでいるかのようだった。壁掛け装飾、ワードローブ、〈エリ〉のライブラリを利用したほうが効率的なのにわざわざ自分専用に持っているVR《アー》カイヴ。ペンローズ・タイルを飾って同じ柄のすり切れた覆いをかけた睡眠ポッドと疑似ポッド。何だか知らないが鉱物標本のようなもの。セックス玩具《がんぐ》まで持ってきている。部屋に標準装備されているものを使うだけで、宇宙が熱死するまでの半分くらいの時間はかかりそうなのに。

わたしの知る限り、彼女はそうしたがらくたを、当直が終わるまで保管庫に入れっぱなしにしていた。

リアンがぼんやりした目を上げる。わたしだとわかるまでに一瞬の間があった。「うん?」

「イースター島よ。成果はあった?」

「ああ。だめ。次の機会ね」丸めたソックスの最後の一つをスーツケースに放り込み、蓋を閉めるとかちっと音がした。「もう全員霊廟だと思ってたわ」

「わたしも行くところ。その前に、あなたの様子を見ておきたかっただけ」

「ちょうど——まあ、わかるわね。ちょっとだけよ。もうだいじょうぶ」

「本当に?」

彼女はうなずき、背筋を伸ばし、スーツケースを指さした。スーツケースが直立する。

「ある意味、獲物でいるほうが幸運ね。夕食のために駆けまわるんじゃなくて、命のために駆けまわるほうが」弱々しい笑み。「動機としてはましでしょ？」

もちろんログはすぐに見た。グレムリンはゲートを通過し、怪物に変異したマクロファージのように襲いかかってきていた。**ぶ**るぶる震え――表面は鏡のようで、まるで身震いする水銀だ――数千本の針のような突起を、サイズを計測するかのように伸ばしたり引っ込めたりする。手を隔壁に釘づけにする二十センチの細身の短剣や、月さえ貫けそうな千メートルの投げ槍。

そんなのが二本、本体を離れて追いかけてきた。

こちらはすでに三十光秒《こうびょう》は先行している。追いつけるはずがない。一本は大きくコースをそれ、脱落した。もう一本はまっすぐ噴射口に向かい、のろのろとだが接近してきていた。チンプが数字をいじり、ワームホールをほんのわずかに左に動かした――角度にして一度の数分の一にも満たないものの、きびしい限界を超えた応力が生じるにはじゅうぶんだ。岩がひび割れ、トルクを受けて破断した。相対論が効いてくれれば、ごくわずかな方位の変化でも船をばらばらに引き裂くことができる。〈エリ〉はみずからを傷つけても投げ槍を避けようとしたのだ。でも、それさえじゅうぶんではなかった。槍は〈エリ〉をかすめ、岩肌を沸騰させ、右舷横腹に五キロにわたる傷を残した。

幸い、わたしはその前後数世紀のあいだ死んでいた。リアン・ウェイはその場にいて、すべてを見ていた。

「じゃあ、攻撃してきたそいつだけど——実際には何の変化ももたらさなかったってわかってるでしょ？」

リアンがわたしを見る。「どうして？」

「つまり、こっちが優位なのは変わらない。いくらあいつでも、わたしたちがこっち側からゲートをブートするまでに追いつけるわけがない。その気になって突っ込んできたとしても、そのときはもう、こっちは一千万キロの彼方《かなた》にいる」

スーツケースが彼女のあとから通路に出る。わたしはさらにそのあとに続いた。背後でハッチが静かな音を立てて閉じる。その向こうではリアンが退去した部屋が長い眠りに就くためのシャットダウン作業を始めているはずだ。

「まあ、確かに恐怖は感じたわ。ビーム兵器や、もっと高速なミサイルを装備した相手があらわれるかもしれない。何があっても不思議はないんだから。でも、考えてみて。十万回を超える構築をこなして、攻撃されたのは一度だけ、それもほぼ無傷で切り抜けられてる。かなりいい確率だと思わない？」

「どうして一度だけってわかる？」

「もちろん、ログがあるからよ」

「信じるわけね」

「だって、リア、ログなのよ」

「でも正しいって確証はない。ほとんどの構築はチンプが単独でやってるんだから」

「つまりチンプが——どうして記録を改竄《かいざん》するわけ？」

「任務の成功を目指すようにプログラムされてて、わたしたちが目覚めてるあいだ、何かが殺しにくるんじゃないかって心配ばかりしてたら、任務に支障が出るかもしれないからよ。もしかすると、わたしたちは眠ったまま千回も死んでて、チンプが士気を維持するために記録を書き換えてるかもしれない」

「リア、チンプはわたしたちの命を救ってくれた。あなたは誰よりもよく知ってるはずでしょ。たとえあなたの言うとおりだとしても——ログの記録よりも多くの攻撃を受けてるんだとしても——それだけたくさん命を救われてるってことよ」

ロッカーの列が見えてきた。通路の曲面に沿って床から天井まで届く、ガンメタルの蜂の巣だ。

「信じてるのね。びっくり」リアンが言った。

「もちろん信じてるわ」

「チンプがわたしたちに嘘をつけるとしても」彼女は小さくうめいて荷物を床から持ち上げ、腰の高さのからのロッカーに入れて、親指でロックした。

「自分で言ってたでしょ。チンプは任務の成功を目指すようにプログラムされてる」ロッカーの中から空気が抜けるかすかな音が聞こえた。「わたしたちのためなら命だって投げ出すわ」

「たぶんね」彼女はふたたび通路を進みはじめた。

「ねえ、わたしたちはまだ生きてる」わたしはまた彼女の横に並んだ。「チンプがちゃんとやってるってことでしょ」

しばらく無言でいっしょに歩き、隔壁に描かれた奇妙な落書きの横を過ぎる。

「またインチキ画家が活躍してるようね」リアンが言った。

わたしはうなずいた。「誰がやってるのか知らないけど」壁にくだらない象形文字を書き殴る部族がいるのは知っていた。チンプは誰なのか教えてくれない。たぶん本人たちが秘密にするよう頼んだのだろう。チンプの文化交流策によって画家が部族の垣根を越えた——少なくとも自分がやったと認めた——ことはなかった。わたしはそこにいささか疑いの目を向けている。

「考えすぎだったかもしれない」リアンが言い、わたしは一拍遅れて思い出した。チンプ。グレムリン。獲物。

わたしは譲歩を受け入れ、少し花を持たせた。「無理もないと思う。そのときわたしがデッキにいたら、きっと漏らしてたわ」

「サンデイ……」リアンが言いかけてやめた。

「うん?」

「その――ありがとう」

「何が?」

「気にかけてくれて。ほかには誰も、考えてもくれなかった」

「ディアスポラ体験者《スポランン》だからね」わたしは肩をすくめた。「他人に関心を持たないように設計されてる」

「ええ」リアンはわたしの肩に手を置いた。「ある意味、それが言いたかったの」

メルトダウン

〈エリオフォラ〉において、目覚めてもその理由がわからなければ、何か深刻な問題が生じたと考えていい。

「何が……」

口はからからで、まぶたはサンドペーパーのよう。全身が痙攣《けいれん》しているのは、錆《さ》びついて停止していたシナプスがいっせいにオンラインに復帰し、神経系が小さな発作を繰り返しているからだ。

「わたしのインターフェース……」

「すみません、サンディ。緊急覚醒《かくせい》です。事前通告している時間がありませんでした」

「どの……くらい……?」

「二時間と少しです」

そんな短時間で解凍したら、細胞は破裂し、脳が凍傷になってもおかしくない。

口を開け、ふたたび閉じる。喉の奥にとてつもない咳《せき》が漂っていて、もしも咳《せ》き込んだら胸が裂けてしまいそうに思えた。

「落ち着いて」チンプが言った。「危険はありません」

わたしは目を閉じたまま唾《つば》を飲んだ。喉はガラスの破片でいっぱいだ。何かに頬を引っ張られ、口の中に乳首の存在を感じた。反射的に吸いつくと、温かく甘じょっぱい液体があふれてきた。

「人事面で手助けをお願いしたいのです」一拍置いて、目の奥に小さく静かなぽんという音を感じる。頭の中にまばらにアイコンが出現した。

「オンラインになりました」とチンプ。

死んでいたのは三十ギガ秒ほどだった。千年にもならない。構築中だとしたら、当然誰かのローテーションに……

当たりだ。確かにいた。オズモン・グルニエ、ブルクハルト・シドコウスキ、アンダリブ・ラポルタ。わたしの部族ではない。〝〈エリ〉の子供たち〟と自称する、ロック崇拝者たちだ。

リアン・ウェイ。

チンプがまた異文化交流をやっている。

ただ、ログを見ると、構築はすでに滞りなく終わっていた。どこにでもある赤色矮星《わいせい》、大量の彗星《すいせい》や小惑星（チンプが乗員を解凍したのはこのせいだ。大量の分布はプログラムされた複雑性の閾値《いきち》を超えてしまうから）。標準的な通り道の環帯が問題なくブートされている。善悪を問わず、わたしたちを追ってゲートから出てくるものもいない。シフトはすでに終わっていた。全員が荷物をまとめ、ベッドに向かっている。

だったらなぜ……

目を開き、棺の中からぼやけた闇と明るい光の暈《かさ》を見上げる。

「リアン・ウェイが興奮しています。あなたなら落ち着かせることができると期待しています」

喉が電解質飲料を肉のスポンジのように吸収する。試しに咳払いをしてみた。だいぶましだ。

「どんなふうに興奮してるの？」

「ほかのスポランと口論して、敵意を強めています」

「どん――」また咳き込む。「どんなことで？」

「わたしのことだと思います」

光の暈が円形に配置された天井の照明器具に変わった。その中心からチンプの目の一つがこっちを見つめている。光の輪の中の小さな黒い中心点だ。

片手を顔の前にかざす。肘《ひじ》がまるで爆発する回路図のように感じられた。ここに関節があり、中に小さな軟骨のベアリングがあり、このベクトルで構造全体がぽん！　もう少し強く押すだけでバネとヒンジが苦痛の爆発を……

死んでいるあいだに関節炎になったことは今までなかった。解凍を急ぎすぎると起きるのだ。

アイコンが一つ光っている。誰かの視点ウィンドウを開くアイコンだ。アイコンの名前を見ると、シドコウスキのだった。配管とファイバーだらけの点検用通路の奥を見つめている。数メートル先の影の中にうずくまっている人影があった。その手の中で何かが閃光《せんこう》を放つ。ぼやけた動きが見え——光が生じ、バネが弾けて——

リアンがシドコウスキの顔を突き刺していた。

ウィンドウが閉じた。

見た目ほどひどくはないとチンプは主張した。わたしはどうにかこうにか石棺から這い出て、足を滑らせ、倒れないようにしっかりとしがみついた。リアンの武器は溶接トーチで、致命的というほどではない。幹線上でトーチをいじっているのを見咎《みとが》められ、シドコウスキの側頭部にひどい火傷《やけど》を負わせた——彼のインターフェースのトグルをフライにした——ものの、せいぜいその程度だ。シドコウスキは撤退し、彼女もトンネルの奥に逃げ込み、仲裁者があらわれるのを全員がじっと待っている。

闇の奥からかすかなすすり泣きが聞こえた。わたしは振り向いて、目を凝らした。三十メートルほど先にある多数の棺でできた隔壁から一つの棺が迫《せ》り出し、一体のテレオペが内部をホースで清拭《せいしき》している。たぶん別の部族の誰かだ。チンプは各部族のメンバーを同じ霊廟内の離れた位置に——ときには別の霊廟に——配置していた。気密が破れたり回路が破損したりして、誰かが眠ったまま死んで長い闇の中で腐り果てても、いっしょに目覚める同じ部族のスポランが、ひどい有様をできるだけ見ずにすむように。

それでも尋ねずにはいられなかった。「わたしの——知ってる人？」一言ごとに咳が出る。

「いいえ。集中してください、サンディ」

すすり泣く声が大きくなる。ゴキが一台闇の中からあらわれ、新たに生じた空間を通過して、わたしの横で停止した。わたしはその中に転げ落ちるように移動した。チンプがいちばん近いチューブに誘導する。

「どうしてわたしが？」

「リアンはあなたを信頼しています」

「何を——ちょっと、チンプ、曲がるときは速度を落としてくれない？」こんな状態でも自力でゴキを走らせることはできるが、現状で必要らしい、これほどの速度を出すのは無理だろう。「この千年以内のどこかでランチを食べてたとしても、もう残ってないとは思うけどさ」

「時間がありません」チンプがすまなそうに言う。

最後のコーナーを曲がって、いくつもあるチューブの口の一つに入る。ゴキが固定され、カプセルが動きだした。速度は十倍だが、内臓にはこのほうが楽だった。カーブも緩やかだ。胃が落ち着いてくる。磁気浮揚カプセルは混乱の現場に接近していった。チューブから吐き出されるころには、わたしはまっすぐ歩けるようになっていた。

ゴキから下りて――舞台に自力で登場したほうがいいだろうと思ったから――最後の十数メートルを歩いていく。通路は緩やかに、左舷《さげん》方向に曲がっていた。姿が見える前に声が聞こえてきた。低い声、苛立《いらだ》った声、男と女の声。そして沈黙。

舞台上手から登場、サンディ・アーズムンディン。

〝グルニエ〟という文字が、隔壁に開いた穴（はずれたアクセス・パネルは穴の脇に立てかけてある）の横に立っている赤毛の黒人男性の上に表示された。〝ラポルタ〟と表示された黒髪の浅黒い女性は自分のゴキの側面に寄りかかってうつむいている。

登場人物の紹介はそれだけだ。

「ブルクハルトはどこ？」

ラポルタが曖昧に右舷のほうを示した。「顔を治してもらいにいってるわ」

「あのばかを知ってるのか？」とグルニエ。

「同じ部族だから」わたしは慎重に答えた。

「でも、友達なんだろ？」

わたしはため息をついた。「たぶん。彼女、何をしたの？」

「ブルクの顔を溶接トーチであぶった以外に？」ラポルタがゴキから離れ、点検用通路の奥に目を凝らした。わたしの位置からはパイプと緩衝材しか見えない。「実はよくわからないの。通路に入ろうとしたとき、ブルクがブリッジにトーテムを忘れてきたことに気づいて、取りにいったら彼女がいたわけ」

トーテム。なるほど。ロック崇拝者だもの。

「何か言ってた？」

「〝くたばれ〟って」

「点検結果は？」

「異状なし」

「中に目はない」グルニエが言った。もちろんだ。どのみち、この通路にあるものはすべてチンプの神経系の一部だ。何か起きたらすぐに気づく。

「あいつ、頭がおかしい」とラポルタ。「ずっとぶつぶつ言ってるのよ。わたしたちが〝役に立たなくなるまで生きすぎた〟とか、ディアスポラ計画全体が――何て言ってたっけ、オズ？」

「人類優先、銀河系はおまけ」グルニエが思い出しながらいう。

「そう、それ」ラポルタはかぶりを振った。「あんな態度で、よくこの船に乗れたわね」

「大昔のことだもの」

「わたしは変わった? あなたは?」彼女は沈黙を同意と受け取った。「わたしたちはスポランなの。変化なんかしない」

わたしは両手を広げ、言い分を認めた。「わたしが話したほうがいいと思う」

「あとは任せた」とグルニエ。「われわれは退散する」

「またたわごとを聞かされる前にね」ラポルタが付け加えた。

「ジャンパーを貸してくれない?」わたしは小さく身震いした。チンプが服を着る時間をくれなかったのだ。

彼女はジャンパーを脱ぎ、わたしに手渡した。「ほかには?」

「実はあるの」

二人は待っている。

「タランチュラを連れた男を見たことない?」

「リアン」

「サンデイ? どうして起きてるの?」

「チンプに解凍されたから。どういうこと?」

「入って。見ればわかる」

彼女は映像をブロックしていた。中の様子を見ることはできないものの、見当はつく。わたしはしゃがんで、開口部を覗《のぞ》き込んだ。

「スイッチは切って。入っていいのはあなただけ。ほかはだめよ」

わたしはため息をついてＢ　Ｕ　Ｄ《ブレインアップディスプレイ》を切り、裸眼だけになって中に入った。頭が天井をこすりそうだ。両手と両膝をついて、ねっとりした灰色の薄明かりの中を進んでいく。幹線――幅広で高さがなく、導管が床を兼ねている――はゴムのような弾力があった。あとはパイプとファイバーと、ブラケットと筋交いと、ぱちぱち音を立てる電気回路だけだ。

リアンは四メートルほど奥にいて、巣の中にうずくまる獣のような恰好《かっこう》だった。何時代かを眠って過ごしたにしては、顔は驚くほどやつれている。

彼女は幹線の床を開いていた。

「無理に叩き起こすようなことになっちゃって、ごめんなさい」

「そういう計画だったの？」

リアンは首を左右に振った。「捕まる予定じゃなかった。それでも……その、あなたが来てくれてよかった。ほかの人だったらと思うと」

彼女はファイバーに三十センチほどの長さでバイパスを作っていた。センサーのように見えるが、インターフェースを切っているので確かなことはわからない。ただ、そのバイパスは機能していなかった。メインラインがつながったままなのだ。たぶんそっちを切る前に、ブルクハルトに見咎められたのだろう。

顔を上げると――「うん？」――彼女の指がそっとわたしの唇を押さえた。しいっ。

「わからないなら、話す気はないわ」とリアン。「あなたのことは信じてるけど、だからって――」

「BUDは切ってあるわ、リア。言われたとおり」

「通路に音声ピックアップがないと思う？　盗み聞きするくらいのことは――」

「じゃあ、わ**た**しは何のためにいるの？　そっちにその気がないなら――」

「わたしは何も知らないの、いい？　パニックを起こしてるところ。今は――どうしても友達の力が必要なのよ」

わたしは嘆息した。「わかった。どこか〝暗い〟場所に移動しましょう。盗み聞きされない場所に。それがそんなに重要なら。でも、何が起きてるのかちゃんと説明して。いいわね？」

リアンは一瞬考え込んだ。頭が上下に揺れる。

わたしは手で床を示し――「閉めて」――両手両膝をついて通路のほうに後じさった。

「いい場所があるわ」

〈エリオフォラ〉にはあちこちに盲点がある。点検用通路の隅や陰、巨大な装置の裏側などカメラを取り付ける理由がない場所。それ以外にも——人工脳と自然脳を接続するミリアンペア信号を圧倒する大電流が流れる電力線の近くなど——チンプがわたしたちの大脳《だいのう》皮質《ひしつ》リンクを監視できない場所があった。

だが、目指したのはそういう場所ではない。超伝導体の肋材《ろくざい》に囲まれた真空トンネルを頸《くび》が折れそうな勢いで奥深くへと突き進み、なかば目が見えなくなる。気分のいいものではなかった。

リンクを切ることはたまにある。停止状態中はもちろん、睡眠中や、自室でセックスやゲームやツアーをするときなど、わたしたちが住んでいるこの巨大な岩の怪物の、自動的なチクタク音に邪魔されたくないときだ。

だが当直中や、宇宙空間に出ているときに切ることはない。裸眼では何も見えないから。そこにはただ——注釈のない映像があるだけだ。いかにも無力だと感じる。ちょっと曲がり方を間違えただけで自分が永久に失われてしまうような、生涯ずっと知っていた人の名前をど忘れしてしまうような。ありふれた物体を見て、それが何なのかわからないような。

こうしてみずからに盲目を課しても、それがプライヴァシーを確保してくれるわけではない。このカプセルの中には、ほかのすべてのカプセルと同じく、チンプのピックアップが存在する。リアンのちょっとした反抗でチンプが失うのは、大した意味のない二人分の一人称視点だけだ。

そこには明らかに一つの原則が貫かれている。

減速が始まり、目に見えない力で身体が前方に押し出された。あとは重量ゾーンの奥にある終点に向かって惰性で進んでいく。リアンがこめかみを叩き、その目がすばやい〝がたつき運動〟を見せる。オンラインになった印だ。わたしも自分のリンクをブートした。見慣れたアイコンの庭園が視界に広がったが、あまりほっとした様子を見せないよう気をつける。長くは続かないはずだ。

それこそが問題だった。

これだけ下だと三十パーセントほど重くなる。耐えられないほどではない——もっと奥のコアの近くだと潮汐力《ちょうせきりょく》が深刻になり、二キロ進むだけで十三Gが三百Gまで増加する——けれど、快適なわけでもなかった。わたしたちの目的地は通路沿いにほんの五十メートルのところだが、到着したときにはその倍もあったような気がした。あるいはもっと別の、違う種類の〝慣性〟の影響かもしれない。旅は終わり、話をする口実もほとんどなくなり、二人とも沈黙を破りたくなかったのだ。

ここではデッキがまるで鋼鉄の浜辺のように傾斜している。波打ち際に相当する場所にある地下室のハッチが目的地だ。合金の上に名称が印字されている。再覚醒したリンクのおかげで、前方一メートルの中空にも文字が浮かんで見えた。

森林アクセス――17T

わたしたちが近づくと、ハッチは滑らかにスライドして隔壁に収納された。ベアリングは文句一つ言わない。きしんだり、レールとこすれたりすることはなかった。まるで昨日作られたばかりのようで、一万年以上も凍りついたまま作動するのを待っていたとはとても思えない。ハッチが口のように開いた。その奥は暗闇だ。

リアンが振り返り、弱々しい沈黙を破った。「お先にどうぞ」

わたしたちは中に入った。

〈エリ〉の森について何か聞いていたなら、全部忘れること。

遺伝子を操作して最大限に分岐するようにしている。ぼやけた電球状の果実は発光バクテリアによる光を放ち、そのトレオース核酸は硫黄《いおう》結合と二次ループによって拘束され、突然変異が起きにくいようになっている。大きな凹面をなす葉は熱死した宇宙のように黒く、蠟燭《ろうそく》の炎を守る手のように微生物の常夜灯を取り巻いている。あちこちにちりばめられた水色の太陽――直径一メートルのものから十メートル以上のものまで――が、それぞれ独自の生物発光を脈動させている。目も見えず口もきけない、ゴキブリの脳を持った庭師ボットが枝のあいだの道を嗅ぎ分けていく——リンクさえしておらず、大量生産で森に放たれ、炭素をリサイクルして死んだ岩から栄養素をこそげ取るだけの存在、フリーズドライされた廃棄物を集めて飢えたひげ根に分配するための配管だ。エコシステムを数十個の洞窟に詰め込む手腕を使い、永遠に持続するよう代謝を落としている。普通の代謝なら片手ほどの人数をかろうじて維持できる程度の瓶詰めされたバイオスフィアで、わたしたち三万人を生きたまま運んでいる。息ができるのは十年に一回くらいだが。

全部忘れて。

一目見れば、実際にはどうやったかわかる。森は殺された巨人の血管から造成された。血液を抜き取り、タールに交換した。黒く輝くタールを心臓から大動脈に送り出し、そこから分岐する動脈から静脈に、互いにつながった無数の毛細血管にまで行きわたらせた。タールが硬化すると、まわりの肉体をレーザーとアセチレンで焼き払った。あとに残ったもの——黒曜石化した血管網、神経、骨——を取り、ばらばらに砕いて、適合する場所に配置した。でき上がったのは全体を見わたせないほど巨大な霧の洞窟と、端から端まで七十メートル足らずの小洞窟群だ。

次にそのすべてを青いクリスマスの光で飾りつけた。

それを〝森〟と呼ぶのは、実質的に全体が連携しているからだ。個々の空間は岩を貫くダクトとトンネルでつながっていて、システム統合と相互接続の名のもとに、すべてが紐《ひも》づけられている。全部が安定していなくてはならないわけだ。これほど壮大なミッションでは、生命維持という卵を同じバスケットに入れるわけにはいかない一方、各ポケット・エコシステムが利己的に安定を求めるのに任せることもできない。だからすべてを接続してある。全体を同期させるのにじゅうぶんなフロースルーは確保できていて——どのトンネルにも水門が設置され、洪水が起きてわたしたちが分断されたら、その空き地を即座にほかから切り離せるようになっている。

わたしはほかの者たちよりも事情に詳しい。専門の一つが生命維持だから。〈エリオフォラ〉の森のことはつねづね——避難所と考えていた。カイとわたしはよくそこで互いの相違を埋めたものだった。セックスに適した雰囲気なのだ。闇の中は暖かく、〝電球〟の中のバクテリアが柔らかな光を放ち、空気は岩と金属ではなく、生命のにおいがする。

17Tは暗く、ほかのほとんどの森よりも混沌《こんとん》としていて、わたしたちはそこを〝傾斜の地〟と呼んでいた(わたしたちのほとんどは。内耳が敏感なカイは〝嘔吐《おうと》の谷〟と呼んだが、そんな彼でも足の下で重力が揺らぐ奥のほうまでさまよい出なければ、吐き気を覚えたりはしなかった)。背後でハッチが閉じ、わずかの間、闇がわたしたちを呑み込んだ。小径の上に立ったまま大きく感謝の息をつく。薄い土壌が吹きだまった、岩盤から五十センチほどの土の上だ。

そのまま歩を進める。わたしのBUDが瞬《またた》いていた。

小径が二方向に分かれた。「こっちよ」とリアンを右のほうに導く。二、三メートル進んだところで、試しに目を閉じてみた。ごくわずかな不安定感はあるものの、〝下〟はわかった。

黒く輝くメッシュの網の目でゼラチンの目玉がきらめいている。太いロープのような幹がアーチ状に頭上を覆い、黒焦げになった肋骨を思わせる。それがまるで風で曲がったかのように、わずかに傾いていた。

BUDがまた瞬き、消え、ふたたび点灯した。想像上の風に抗して進むにつれ、木々の傾きが大きくなった。根元のほうが太くなり、根が大きく広がり、幹は異なる方向から同時にかかる引力に抵抗している。傾斜の地はヒッグス・コンジットの上、特異点を包含するコアとワームホールの口の中間に位置していた。そのため、ベクトルがとんでもないことになっている。〝下〟はほぼコアの方向だが、やや前方に偏っていた。この方向のずれは、〈エリ〉がその瞬間、宇宙空間をどれだけの速度で落下しているかによって決まる。木々の傾きやカイの内耳の乱れは無反動航行の代償だった。

BUDがとうとう消えたままになった。信号を遮断する岩と生体電気の静電に加え、外部放射のないこれほど膨大なエネルギーを駆動回路が想定していなかったのが原因**だ**ろう。この無信号状態がプライヴァシーの保証になる。盲目でいる限り、立ち聞きはされていない。

「それで、いったい何をしてたの、リア？」

最初、彼女は答えなかった。直接には何も。

代わりにこう言った。「あなた、本を読むんでしょ？」

「もちろん。ときどきね」

「プラグインして、ツアーをして、アニメを観る」

「何が言いたいの？」

「あなたは人々の生き方を見てきてる。猫という子供たちを。その教師をハックしたり、誕生日にはパラセーリングしたりして」

「だから？」

「あなたはそれを見てるだけじゃないわ、サンデイ。そこから吸収してる。それがあなたの人生の基盤になってるの。話し方のパターンや使う表現——くそ、こんな罵《のの》り言葉まで——全部が何ペタ秒も前から存在すらしてない文化に依拠してる」息を吸い込んで、「わたしたち、あまりに長いこと宇宙を……」

わたしは天を仰いだ。「昔ながらの決まり文句はもう飽き飽きなの、いい？　出航してから六千万年——」

「六千五百万年」

「――経っていようと、実際に目覚めていたのがせいぜい十年か十二年だって事実は変わらない」

「わたしが言いたいのは、これが死んだ人生だってことよ。彼らの人生であって、自分のじゃない。わたしたちはハイキングもスキューバダイヴィングも――」

「できるでしょ、もちろん。いつだって好きなときに。自分でそう言ったじゃない」

「そんなのはまやかしよ。目覚めて、くそゲートを構築して、彼らの人生をなぞるだけ。わたしたち自身の人生は与えられてない」

彼女を憐れんでもよかったはず**な**のに、驚いたことに、わたしは憤慨していた。「出発したとき、地球がどんな状況だったか覚えてる？　もし神様がゲートからあらわれて、帰還のチケットをくれて、あと数世紀地球で暮らしていいと言われても、あのごみ溜《た》めに戻る気なんかないわ。今の生き方が好きなの」

「それはそう感じるように仕向けられたからよ。時の涯《は》てまで死んだ岩の中で過ごす片道旅行に、まともな人間は送り出せない。だから特殊な人間を、小さくねじくれた形に押し込めたのよ――あの小さく育てた植物みたいに。日本かどこかの。がっちり発育を妨げられてるから、檻《おり》の外に人生を広げることなんて想像もできなくなってる」

盆栽ね。思い出したが、教えてやることはない。代わりにこう言った。

「あなたもここが好きだったでしょ」壊れてしまうまでは。

「ええ」リアンはうなずいた。薄暗がりの中でも、彼女の顔に悲しげな笑みが浮かんだのが感じられた。「でも、気づいたの」

「リアン。点検用通路で何をしてたの？」

彼女はため息をついた。「チンプのセンサー幹線の一つにバイパスを作ろうとしてた」

「それは見たけど、何のために？」

「大したことじゃないわ。ただちょっと――ノイズを流そうと思ったの」

「ノイズを」

「雑音ね。信号の忠実度を落とそうと思って」

わたしは両掌《りょうてのひら》を広げた。「それで？」

「少しコントロールを取り戻そうとしただけよ、わかる？　これはみんなのためなの！」

「どうやってチンプを弱体化――」

あああああああああ！

「不確実性の閾値をいじろうとしたのね」わたしはつぶやいた。

「そう」

〈エリ〉がそもそも肉袋を乗せて出航した理由はただ一つ、チンプが自力では構築ができないと感じ、未知の変数に出会って躊躇《ちゅうちょ》して、有機的な人間の洞察が必要になった場合を考慮してのことだ。データの信頼性が低いほど、自力で何とかできるというチンプの確信は揺らぐことになる。リアンはアルゴリズムに手を加え、人間が介入する余地を増大させようとしていた。

原理的にはきわめて賢明なハッキングだが、実行するとなると……

「リア。あなたが死んでるあいだにチンプが――いじられた箇所を見つけて、補修してしまうのを防ぐ方法が何か見つかったとしても、冗長化されたシステムに最初の傷をつけるだけで、いったいどれだけの数のケーブルをいじればいいかわかってる？」

「二千本から二千七百本ね」そう言って、さらに付け加える。「入力を切断する必要はなくて、ただちょっと――ぼやけさせるだけでいいのよ。確実性の限度を引き下げられれば」

「まあね。で、今までに何本ハックしたの？」

「五本」

自分で口に出せばどれほどばかげたことをしようとしているか気づくだろうと思ったが、気づいた様子はなかった。

「そもそもどうしてそんなことをしようと思ったの？　わたしたちの目が届かないとき、チンプが構築をミスしたってわけでもないのに」

「構築の問題じゃないわ、サン。人間であることの問題なの。自主性を取り戻すのよ」

「自主性を取り戻して何をするの？　ゲートの構築を阻止する？」

「そうすれば、少なくともグレムリンに撃たれる心配はなくなるわね」

「地球に似た環境の惑星を探しまわる？　シャトルをプリントして、入植して、掘っ立て小屋で残りの人生を過ごす？　それとも最後に構築したゲートまで引き返して、魔法の銀色の船があらわれるのを待つ？　ファーストクラスのチケットをもらって、好きな場所で天国みたいな隠退生活ができるように？」

実際、それはミッションの一つだった。最初のいくつかのゲートが開いて、自動化機構や古いバイナリ・データばかりが吐き出されるようになる以前には。そのあといくつか何も出てこず、グレムリンが出てきはじめる以前には。ここ三千万年は、誰かが冗談以外で引退の話をすることは一度もなかった。

今回も軽く無視された。「自由を獲得するのが第一歩」とリアン。「そのあとどうするか、考える時間はいくらでもある」

「わたしたちを頻繁に起こすようになったら、チンプは仕事をこっちに任せてごろごろしてることになる。やめてよ、リア。何を考えてるの？」

彼女の態度の何かが変わった。「人生には、数千年に一度何日か生き返って穴居人みたいに過ごす以上の、何かがあるはずだと思う。本物の森を見る機会はもう二度とないとわかってて、あんな、あんな――」周囲を見まわし、「――誰かがセラピー代わりにでっち上げた、悪夢みたいな代用品しかない生活じゃなくて」

「正直言って理解できないわ。いつだって、その――緑の森が見たくなったら、プラグインすればいいだけでしょ。砂漠をハイキングするのも、エンケラドゥスにダイヴするのも、日没時の空を飛ぶのも、プラグインするだけよ。地球では誰もできなかった体験ができる。いつでも好きなときに」

「本物じゃないわ」

「違いなんかわからない」

「違うものだって知ってるのよ」リアンは灰青色の影に沈んだ顔でわたしを見つめ返した。「わたしもあなたが理解できないの、わかる？　わたしたちは同じだと思ってた。あなたの足跡を追ってるんだと……」

沈黙。

「どうしてそう思ったの？」わたしはようやくそう尋ねた。

「あなたは戦ってたでしょ？　出航する前から。いつも反抗して、任務に関わる誰にでも、何にでも抵抗した。あなたは、そう、たった六歳でマモル・サワダをまぬけ呼ばわりしてた。信じられないって誰もが思った。だって、わたしたちはみんな生まれる前からミッションのためにプログラムされて、頭を配線されてたのに、あなたは――どうやってか、それを投げ捨てた。反抗した。何度か放り出されそうになったって聞いてるわ」

「どこで聞いたの？」訓練期間中、リアン・ウェイとわたしが一万キロ以内に近づいたことがなかったのは間違いない。

「カイが言ってた」

なるほど。「あのおしゃべり」

「何があったの、サンディ？　それだけの騒動屋が、どうしてチンプの愛玩犬になっちゃったの？」

「くそったれ、リアン。わたしのことを知りもしないくせに」

「あなたが思う以上によく知ってるわ」

「いいえ。わたしがあなたに似てると一標準秒でも思ったたって事実が、何も知らないことを証明してる」

リアンはかぶりを振った。「ときどきひどく意地悪になるわね」

「わたしが意地悪？　今日誰かの顔をトーチであぶってない人は手を挙げて」わたしが挙手すると、彼女は顔をそむけた。「どうしたの？　わたしだけ？」

「そういうところよ」ささやくような声。

わたしは何も答えなかった。薄暗がりの中に座り込み、唾を飲み込む。対応できるよう進化してきたのとは異なる重力ベクトルに対処すべく内耳ががんばる結果として生じる吐き気を、何とか無視しようと努めているのだ。

リアンが沈黙を破った。「わたしに同調はできないってことね。わかった。他人にはたわごとに聞こえるでしょうしね。ただ、せめて邪魔はしないで。わたしたちの——友情に意味があると思うなら、わたしを売らないで」

「あなたが中央神経系をいじって何をしようとしてるのかチンプに訊かれたら、どう答えればいい？」

「わたしが——おかしくなったって言えばいいわ。前の構築のときみたいに。覚えてる？ブリッジでわたしは——ちょっとあって、とあなたは言ったわね。そのうち治ったけど。またパニック発作を起こしたと言っといて。きっと信じるわ」

「そう思う？」

「あなたが言えば信じるはず。あなたはチンプに嘘をついたことがないから」

「嘘をつく必要なんて誰にもないわ」

「あなたは——チンプの味方だから。今だってそう。それにあなたはデッキに呼び出される回数がほかのみんなより多いし」

「わたしが——そうなの？」

「ログを見ればわかる」

「どうして？　なぜチンプはそんなことを？」

「チンプに訊いて。たぶんあなたをペットみたいに思ってるんじゃないかな」

「彼は単なる高性能オートパイロットよ」もちろんそれだけではないが。

「そんなこと信じてないくせに。あなたは誰よりもたくさんチンプに話しかけてる。わかってるはずよ——ときどきスペック以上の賢明さを見せることがあるって」

「つまり、この船を操縦してるから？　普通に話ができるから？　だからってシナプスの数が少ないことに変わりはないわ」

「シナプスの数が**す**べてじゃないのよ、サン。地球にも、脳容量が常人の十パーセントしかない人たちがいたけど、認知も社会生活もまったく普通にやってたわ。脳の配線が異なるのよ。スモールワールド・ネットワークね」その必要もないのに声をひそめる。「わたしたちにチンプを過小評価させたかったんだと思うわ」

「リア。彼らがスマートAIを使うつもりだったら、費用を九十パーセント削減して、わたしたちを完全に蚊帳《かや》の外に置くことだってできたはずよ」こんなことをエンジニアに説明しなくちゃならないなんて。「長期間にわたる任務の安定性を求めたからこそ、チンプは愚かである必要があったの。それ以外のやり方をしてたら、自分で自分の喉を掻き切ることになってたでしょうね。鎖をはずしたければ二千テラ秒以上の時間があったのに、チンプはまだフローチャートに従ってる。それ以上のどんな証拠が欲しいの？」

わたしたちは闇の中で立ち上がった。木々は頭上に覆いかぶさり、コアは身体を引き寄せつづけ、かすかな吐き気はつねに内臓を苛《さいな》んでいる。

「サンデイ」リアンが穏やかに言った。「あれはわたしを凍結できるのよ」

わたしは心を決めた。「わたしはチンプに嘘をついたことがないって言ったわね。今からつきはじめる気はないの」

「お願い――」

「わたしがチンプに一時的な発作だったと言えば、一時的な発作だったことになる。いい？　もう幹線をいじらないこと。もともとばかげた考えで、あんなの――あなたらしくない。わたしが代わりに打席に立つから、あなたは深みに踏み込まないで」

ややあって、彼女はうなずいた。

「約束よ、リア」

「わかってる」その声は静かだった。

一つだけ、彼女の言うとおりだったことがある。わたしは変わった。ただ、それはこの旅のせいではない。言うまでもなく、チンプのせいでもなかった。わたしは誰の愛玩犬でもない。

出航の前から、わたしはすでに変質していた。

運命に出会ったのだ。太陽の表面を滑空しているとき、それが見えた。わたしにつながる糸があり、それはマスターたちにも、彼らにもつながっていた。そのすべてがビッグバンまで遡り、創造の始点から途切れることなく時の終わりまで続いて、わたしは自分の超越性と永続性を知った。

その旅行は一種の休暇だった。国連ディアスポラ公社《UNDA》が研究開発期間中に払い下げたプロトタイプの機体を用いて、太陽ダイヴァーが実施された。インダストリアル・エンライトンメント社《IE》によるものだ。身体をストラップで固定されてコロナの上を滑空し、黒点をかすめ、もつれ合った磁場がニューロンを手綱から解放する。ニューロンは勝手に発火できるようになり、通常の決定論的な因果から解き放たれる。パンフレットによると、そこは太陽系内で唯一〝自由意思〟を体験できる場だという。

本当だと思った。あるいは、本当だと思いたかった。あるいは、わたしの不信感がじゅうぶんに強くなかった。懐疑主義者でトラブルメーカーのサンデイ・アーズムンディンは、自分自身の動機や願望を認めたくなかった。それらが本当に自分自身のものだとは思えなかったから。それは宇宙の熱死までの片道旅行やそのほか諸々に本当に参加したいのかを考える、ぎりぎり最後の試みだった。

だからわたしは太陽の表層をかすめ、もつれ合った磁場に脳を再配線させ、時間が周囲で崩壊するのを眺めた。わたし自身が——どうにか持続するのを。自分の存在に意味があると知るために。

細部はもうぼやけている。脳を再配線するというのはそういうことだ。ニューロンが常態に復したら、体験をはっきり覚えていることはできない。覚えているのはほかの何かが体験したこと、自分と同じ部品でできているものの、配線が異なる存在の記憶だ。啓示には半減期があるのだ。

ただ、わたしの場合、影響はしばらく続いた。生まれ変わって帰還し、活気を取り戻し、時の終わりまで旅をする決意を固めたのだ。たぶんUNDAがわたしを取り戻そうとすべてをお膳立てしたのだろうが、それさえ気にならなかった。彼らがわたしを操っているつもりでも、わたしには彼らが運命に操られているのがわかっていた。たとえわたしの魂《たましい》の炎が時間とともに冷えてしまっても、それが偏執から熱狂に、さらには単なる心安まる儀式に堕してしまったとしても、まあ、信仰というのはどれもそんなもんじゃない？　それでもわたしはここまで来られた。それは六千万年以上のあいだ、わたしを満足させてくれた。

もちろん、今になって思い返してみると、いささか気恥ずかしくなるのだが。

「リアンのヴァイタルは正常です」チンプが言った。

彼は遍在し、分散している。船全体に浸透している。わたし自身の存在は船尾を巡航するカプセルの中に限定されていた。一Gの等重力の中を登り、あたりは一標準秒ごとに明るくなっていく。

わたしはうなずいた。「言ったとおり、一回性の発作よ」

リアンがいるのはわたしよりももっと狭い空間だ。C3A通路の先の棺が隔壁の中に滑り込んでいく。わたしたち——カプセルの中のわたしと遍在するチンプ——はリアンの脳が停止するのを見守った。峻険《しゅんけん》な電子の山がなだらかな丘になり、フラットな水平線に落ち着く。

わたしは五分の一G環境下で粗い壁面のトンネル内に降り立った。壁面はすべて岩で、隔壁ではない。

「彼女を信用できると思いますか?」チンプが尋ねた。

わたしは跳ねるような大きな足取りでトンネルを進み、どうとも取れる答え方をした。

「ほかのみんなと同じくらいにはね。何かをどう感じるか、正確にコントロールできる人間なんていないわ。そうでしょ? 結局は、その感じ方を元にどう行動するかよ」

「彼女はブルクハルト・シドコウスキを襲撃しました。四構築前には感情を崩壊させています。エスカレートした場合、重大な混乱を招く恐れがあります」

「そうなったら、そのときローテーションからはずせばいい。ねえ、リアンは本当に悪かったと思ってるわ」形の上で嘘ではない。「自分がおかしくなったことも理解してる。しゃべる猿をいくら改造しても、こんな場所に押し込めておくには限度があるのよ。わたしたちを有用なものにしてるすべてを諦めるっていうんじゃない限りね。三万人もいるんだから、全員がつねに百パーセント、スペックどおりの働きができるわけじゃない。統計の問題よ。リアンはたまたま調子が悪いときに当たっただけで、責めることなんてできないわ」

「責めてはいません、サンデイ。じゅうぶんな働きができないのを心配しているのです」

薄明かりが岩の表面に反射する。一本の指でそこをなぞると、跡がついた。周囲の湿気のいたずらだ。

「でも、一時的な不調で凍結されるかもしれないのに、うまく働けると思う？　もうリアンに会えないことになったら、わたしの働きが悪くなるとは思わない？」

「あなたの働きですか」

わたしは切り札を出した。「リアンとわたしは友達よ。単なる同僚じゃない。わかる？」

もちろん彼にはわからない——そもそも真実とも言いきれない——が、チンプは自分に理解できないということをよく理解している。「彼女にそばにいてもらいたいの。そのほうがよく働ける。たぶんあなたのミッション評価基準にも入ってるはず」

彼はしばらく黙り込み、入力内容を処理していた。前方で、わたしの接近を感知したエアロックの大きな円形ハッチが音もなく開いた。

「提案に従います、サンデイ。ありがとう」

霊廟の奥では停止したシナプスの最後の発火が止まった。リアンの脳は闇の中に投げ込まれた。またしても独りだ。わたしと旧友だけが千光年の虚空を進んでいく。黄昏時《たそがれ》。その絶対的な孤独の中には言葉にできない平安がある。

わたしは子宮の中に入った。


今でもときどき〈エリ〉の誕生日を夢に見る。その場にいて目撃している夢を。もちろん、わたしはその場にいなかった。ほかのみんなといっしょに水星の陰に隠れ、内臓に感じる恐怖で数学への信仰を根本から揺るがせていたから。でも、夢の中のわたしはその場にいて、まさに子宮の中心に浮かんでいた。プログラマブル物質が密集した森を見わたし、樹冠の上に突き出した梢《こずえ》がすべてわたしを指さすのを眺めている。光がないのに見えるのだ。そこに突然、光が生じた。目も眩《くら》む閃光が百万分の一秒だけ宇宙を照らし出し、次の瞬間、わたしはもう存在しなかった。残っているサンデイ・アーズムンディンは陽子サイズの特異点だけだ。

それでも何かが生き残った。夢は全知の三人称視点にすんなりと移行し、わたしはどこかの安全な天界から、怒れる新生児がガンマ線と陽子と反陽子を霙《みぞれ》のように噴出し、削岩機や絶縁体を蒸発させながら進みつづけるのを眺めていた。それは玄武岩《げんぶがん》を舐《な》め取り、壁を六十メートル、七十メートル、八十メートルと溶かしていく。やがてはるか遠くに離れた別の防護装置もそれに続いた。わたしはこの魔法のマシンが蒸発した岩に太陽から収穫した栄養豊富な陽子のサプリメントを加え、新生児の口に押し戻すのを見ていた。特異点が落ち着き、重さを増し、安定する。驚いて目を覚ますと――いつものことだが――わたしは横たわったまま心地よく、身体をデッキに押しつける重力を感じていた。数百万年経ってもそれは変わらない。

「筋は通ってると思う」わたしがその話をすると、カイが答えた。「夢は罪悪感を洗い流すのに有効なんだ」

わたしはいったい何の話をしているのかと尋ねた。

「きみは立ち去りたくなかったんだ。そのことを裏切りみたいに感じてた」

「本当に?」

「避難したくないとか、そういうんじゃない。きみはただ――チンプにとって公正じゃなかったと感じてる。全部のリスクを彼に背負わせて置き去りにしたって」

もちろんリスクはあった。時空を歪めるには莫大《ばくだい》なエネルギーが必要だ。〈エリ〉は丸一年にわたって太陽を抱え込み、ようやく一発分を充塡《じゅうてん》できた。もしもガンマ線レーザーのどれかが同期をはずれて発火したら――個々のベクトルがほかのもの**と**正確に均衡していなかったら――恐竜を絶滅させたチクシュルーブ隕石《いんせき》の衝突以来最大の爆発が観測されていただろう。

でも、そのための数学でしょ? それを信じて命を預けられないなら、物理学は何のためにあるわけ？

「覚えてないんだな」カイが言った。

「子供だったのよ」

「それでもだ。きみにとって重要な体験だったんだろう。そのあと何日も、誰ともしゃべらなかった」

「細かいことまで全部覚えてるってことは、あなたにとって重要な体験だったんでしょうね」

「いや、少なくとも夢には見ないぞ」

記憶を刺激されて、ぼんやりと思い出した。誰に対してもひどい態度は取らなかったはずだ。船に戻ってすぐにチンプと話をして——ただ、何を話したんだったかは覚えていない。そのあと、カイが霊廟に戻ってチンプとわたしだけになったとき、彼に訊いてみようかと思ったけれど、やっぱりやめにした。

当時すでに、彼の記憶の欠落に疲れてきていたのだ。

不思議なことに、陽が沈むと足が自然とこの場所に向かう。不思議なことに、気持ちがとても落ち着いていると、暴力で沸き立つこういう場所を探している。

「チンプ」

「ここにいます、サンデイ」

もちろん大昔の誕生に比肩できるものではない。あれに比べたら、これらのマシンはおもちゃでしかなかった。せいぜいが縮尺模型だ。この洞窟の中心にある発射室は直径わずか四十メートルで、繰り返し使用できるよう設計されている（それはすでに何度か誕生をこなしていたが、そのときわたしがデッキにいたことは一度もない）。ただ、〈エリ〉のエンジン内にあるブラックホールが永久に――たまにラムスクープされた水素を補給されながら――生きつづけるのに対し、ここに産み出されるものは発育不全で短命だ。

「あなたは――わたしが好き？」

「もちろんです」

「わたしが言いたいのは、ほかの人たちより好きかってこと」

「全員がそれぞれ異なっています、サンデイ。わたしは全員を、それぞれ異なった形で好いています」

後方のハッチの近くから見えるのは発射室の北半球だけだ。デッキは安全な距離を取って赤道をぐるりと囲む形になっていて、南半球は見えない。ガンマ線レーザーの後部が半球から突き出している。セラミックの円錐《えんすい》が作る精密なグリッドが、コイルやヒートシンクや、ケーブルを束ねたスーパーハイウェイによって損なわれていた。

「いいわ、じゃあ、わたしをどんなふうに好きなの？」

「あなたはとくに用がなくても、ほかの人たちよりもたくさん、わたしに話しかけてくれます」

「そうね」

「これは一例です。わたしたちは任務に関係のない作業について話をします。これはほかのスポランにはあまりないことです」

「ほかの人をわたしと同じくらい頻繁に起こしたら、あるかもしれない」わたしはログをスクロールしていて、どうやらリアンの言ったとおりだとわかっていた。

「単位時間当たりの会話数で見ても、傾向は同じです」

「それが楽しいと感じてるわけね」

チンプはしばらく黙り込んだ。こちらの不明確な質問に対して、彼にはこのオプションがある。

手すりに近づくと、洞窟のさらに奥が視野に入った。わたしは姿勢を正し、首を伸ばして産道——気管を囲む軟骨のように超伝導物質に囲まれている——を目で辿った。それは発射室の北極から伸び上がり、岩盤の中へと消えていた。

「だからわたしを頻繁にデッキに呼び出すの？」

「いいえ」

「じゃあ、なぜ？」

「故意ではありません。選択基準に従って、構築ごとに選んでいます」

ぼんやりと覚えがあった。個人の専門性や予想される問題との関連性、社会適合性などをもとに、誰もが弱点を克服するための体験ができるよう、ちょっとした公式が用意されていたはずだ。問題解決のための最適な人選にはならないものの、短期的なコストには目をつぶることになっている。

「数字を見せてもらえる？　わたしがリストに入った回数を」

「すぐには無理です。決定は下意識でなされます。任意の覚醒について特定のパラメータ数値を取得するには第三レベルの法定監査を呼び出す必要がありますし、そのデータそのものが、メモリ空間の節約のため、削除されている公算が高くなります」

チンプには下意識がある。

「監査を実行しますか？」

「いいえ。短いリストなのにわたしが何度も登場するのが奇妙に思えただけ」

「ランダムな配置では、どうしても偏りが生じます」

「そうね」

「あなたの頻度を減らしたほうがいいですか？」

「どうして？」彼がオプションを提供しているのか、わたしの心理プロファイルを更新しようとしているのか、判断できなかった。

「たとえば、もっと長生きしたいなどの理由で」

「生きてる期間は変わらないわ。飛び飛びの間隔が広がるだけで」

「ですが、外部でいろいろなことが起きる可能性があります。活動時期が長期にわたるほど、予期しない出来事に遭遇する確率は高くなります」

「たとえばどんな?」

「わかりません。ほかのスポランは未来への好奇心を表明しています」

「まだ子孫がゲートから出てきて、わたしたちを天国に連れていってくれると信じてるのがいるの?」

チンプは答えない。

正直な話、六千万年も経ってしまった〝外部〟のことをわたしたちが気にするはずがある? 必要なのは〈エリオフォラ〉だけなのだ。自分たちの糞《くそ》の中で溺れてる百億ものデバネズミからわたしたちを救ってくれたもの。そいつらに取って代わる者たちから一歩先んじてわたしたちを守ってくれたもの。銀河系を周回させてくれたもの。わたしに孤独をもたらしてくれたもの。

手すり越しに身を乗り出す。南半球の曲面の向こうに、南極から伸びる排出パイプの膨らんだ端がかろうじて見えた。まっすぐ三十二キロ下方(そっちが進行方向のときは前方)になる。それは際限を知らない。プラズマも粒子も廃熱も、それをいっぱいに満たすことはできない。ブラックホールは究極のごみ箱だ。

ただ、今は待機している。

「今度はいつ、この子を発射するの?」

「わかりません。今のところ周囲に対象がありません」

「そのときデッキにいてもいいわ。ハブの構築に立ち会ったことがないのよ」

「はい、それで受け入れられないほどの影響が構築に出るとは思いません」

うまく頼めばチンプは要望を受け入れる。たぶん誰の要望でも受け入れるだろうと、わたしはいつも思っていた。ただ、もしリアンが正しければ……

でも、リアンは正しくなかった。

動きつづけているなら檻ではない。どこにでも行けるなら監獄ではない。

彼女は頭を高く上げすぎてまわりが見えなくなり、舌で自分の扁桃腺《へんとうせん》をまさぐるように自分自身に没入しているのだ。

引き波

チンプがわたしを呼び戻したのは、ある惑星に彗星が突っ込んでいこうとしているときだった。アルデヒドとアミノ酸の爆発で、生命体と距離を取ろうとする彼のプロトコルは大混乱に陥る寸前だった。

あるいは肉眼でも見えるほど濃密な分子の雲――星々が透けて見える薄い膜――が前方に出現し、減速しないと通過時の摩擦で〈エリ〉の外殻が燃えだしてしまうというときだった。

一度など、すでに構築の終わったゲートが後方に赤方偏移しているころ呼び戻されたこともあった。人間が関与しないルーチンの構築で、活性化後に顕現――不規則現象――が起きたのだ。たまたまそのとき、わたしのパートナーにはカイの番号が当たっていた。久久の再会を祝してセックスしたあと、ネットワーク化されたテレプレゼンスという選択肢があるにもかかわらず、わたしたちはそれぞれの肉体のまわりを周回しながら右舷のブリッジに向かった。〈エリ〉からのデータがすべて頭蓋内に直接配信されるのはわかっていたが、それでもわたしたちは物理的に同じ空間で会うことを選んだ。バックアップという以上の意味などない、戦術タンクという祭壇の前で礼拝するために。UNDAの遺伝魔術のすべてを使っても、二億年にわたる哺乳類《ほにゅうるい》の社会化衝動を無効化することはできなかった。

ただ、公正を期すなら、無効化する理由があったとも思わない。

手をつないでブリッジに立つ。タンクの映像が頭の中の対応する映像と重なり、不快な二重像になった。ゲートは何事もなくブートし、わたしたちが環帯を通過したことにより、成長しつづけるデイジーチェーンが後方でジャンプスタートした。

「やあ、どうやら何かがわれわれを食おうとすることはなかったな」ログを再生しながらカイが言った。

ところが、出産から一時間もしないうちに、縮んでいくゲートに……何というか、腫瘍《しゅよう》が芽吹いた。

「どういうこと？」

カイは顔をしかめて目を凝らした。まるで薄目にすれば、もっと上流に流れ込んでいる映像の明瞭さが増すと思っているかのように。「フジツボ？」

「アップグレードかも」わたしは肩をすくめた。「言わせてもらえば、遅すぎたくらい。出航したその日から、くそみたいな同じモデルを量産してきたんだから。そろそろ新しくなってもいいころよ」それがグレムリンに手を貸さない限り……

「よくわからん。あれは一種の寄生物みたいだけど」

結局、正体はわからずじまいだった。そいつが通常のゲート運用の妨げにならないことを確認したら、すぐにまた霊廟に戻ったから（妨げになるならどうしたか、知っているわけではない——チンプが船を旋回させて、再構築を試みたかもしれない）。ただ、霊廟に向かう途中で思い出した。

「リアンにわたしのことを話したそうね」

「おれが？」

「反抗的だった子供時代のことを。まだ地球にいたころの」

「ああ、話したかも」カイはたぶん無意識に鼻梁《びりょう》を揉《も》んだ。わたしが七歳のときに折った部分だ。「秘密ってわけでもないだろ」

「彼女、何て言うか——それを内面化してて、わたしとのあいだに霊的な絆《きずな》みたいなものを感じてるらしいの。数構築前、〝〈エリ〉の子供たち〟と起きてるときに一悶着《ひともんちゃく》あって、チンプがわたしをベッドから引きずり出して対処させたわ」

「ああ、その話は聞いた」

「だから、あの子に何か話すときは気をつけてね。しばらく前にショックを受けたことがあって、それ以来——」

「サンデイ――」

「わたしが言いたいのは――」

「サンデイ」彼は両手でわたしの両手を包み込んだ。「リアンは死んだんだ」

わたしは一瞬、何も言えなくなった。

「どうして？」

「船外活動《EVA》中の事故だ」カイが答えたときには、わたしはもうBUDをブートしてログを探索していた。四解凍前のことだ。チンプのテレオペの一体が外殻表面に、リアンのグレムリンがつけた傷に沿って露出した配管を発見した。敵の武器で表層の岩がかなり大きく剝《は》ぎ取られ、残りも青方偏移《せいほうへんい》でこそげ落とされてしまったらしい。ルーチンで危険のない――絆創膏《ばんそうこう》を貼るような――作業だが、リアンは自分でチェックするといって聞かなかった。理由はわからない。自分の中の恐怖感に正面から挑もうと思ったとか、そういうばかげた話だろう。順番を飛ばして先に立ち、宇宙服を着込んだ。

その瞬間は誰も見ていない。彼女は傷痕《きずあと》の中にいて、チンプの視線からはずれていた。いつもどおりテレオペ二体が同行していたものの、どちらも基層に集中して照明を下に向けていた。大きな傷の中の小さな傷を覆う、柔らかいプラスティックを調べていたのだ。彼女の記録はブラックボックスのテレメトリーによるものがすべてだった。温度の急変、与圧の致命的な急減。Y軸全域にわたって心拍が跳ね上がり、チャンネルが暗くなる。外殻カメラが彼女の姿をとらえた。傷痕の端を乗り越え、落下する。ただ、見えるのは骸骨のようにぎくしゃくした動きの宇宙服だけ。青方偏移が瞬時に慣性を打ち消す。〈エリオフォラ〉は前方に落下しつづけ、リアン・ウェイは過去へと消えていく。

三千年前。

「くそ」わたしはつぶやいた。

「あれは事故だった」カイは口を閉じ、ためらいがちにまた開いた。「とにかく、チンプはそう言ってる」

「つまり、あなたは信じてないの?」

彼は首を横に振り、わたしを見た。「われわれの士気を落とさないようにしてるだけだろうな。あれは自殺だったと思うんだ」

わたしのせいだったのかもしれない。

彼女はモノセロス・リングでおかしくなり、わたしは克服しろと助言した。彼女はグレムリンが間一髪でわたしたちの存在を消去するところだったのを目撃し、わたしは〝実際には何の変化ももたらさなかった〟と言った。わたしは彼女が悪戦苦闘しているときその場にいて、〝彼女が信頼しているから〟という理由で死から呼び戻され、あなたは頭がおかしいと彼女に言った。〝わたしたちは同じだと思ってた。あなたの足跡を追ってるんだと〝と彼女は言い、ばかげていると思ったが、彼女の言うとおりだった。わたしは反抗し、彼女と同じようにむちゃをした。わたしの動機はもっと貧弱で、何と戦っているのかさえわかっていなかったが、それでも止まることはなく、一度は自殺まで試みて――そして――

その点、リアンは間違いなくわたしよりうまくやった。

「どうして教えてくれなかったの?」

「早すぎると思いました」とチンプ。「友人の死を知るのは、しばらく時間を置いたほうがトラウマが少ないはずです」

「三千年もあればじゅうぶんじゃない?」

一瞬の間。「それは冗談ですか?」

そういうことになる。悪い冗談だ。「どのくらい待つつもりだった?」

「主観時間で二年です」

「同じ部族で死んだ人はほかにもいたけど、そんなに長くわたしに言わないことはなかったわね」

「あなたはリアンととくに親しくしていました」

「そこまで親しくはなかったけど」これなら反論ではない。「ねえ、あなたがわたしの感情に配慮したのはわかった。でも、こういうことは解凍後すぐに教えてくれるべきだったわ」

「わかりました、サンディ」

「本気で言ってるの。士気を維持するためにわかったっていうのはやめて、確実に実行して」

「わかりました」一拍置いて付け加える。「お悔やみを申し上げます。リアン・ウェイはいい人物でした」

「そうね」わたしは首を左右に振った。「くそったれなスポランでもあったけど」

「どうしてそんなことを?」

「彼女の様子を見てたでしょ。最後の数テラ秒を。不幸そうで、傷ついてた」〝〈エリ〉の子供たち〟の一人が言っていたことを思い出した。「ラポルタが言ったとおりだわ。リアンはここでは場違いだった。どうして合格したのかわからない」

わたしはなぜか唾を飲むのが難しかった。

「泣いてもいいのです、サンディ」

「何ですって?」わたしは瞬《まばた》きした。視野がにじむ。「どうしてそういうことになるの?」

「あなたは自分が思っている以上にリアンと親しかったのです。友人の死を悲しく感じるのは当然です。恥じることではありません」

「何なの、あなた、裏でセラピストのアルバイトでもしてるわけ?」彼にそんな知能があ

ると は考えたこともなかった。今までそのサブルーチンを作動させるきっかけがなかっただけだろう。

「セラピストでなくても、あなたが自分の予想以上に傷ついていることはわかります。もしかしたらもっと――」

「チンプ、それくらいにして。あなたがこの船をみごとに飛ばしてるのは認めるけど、いくら間抜け揃《ぞろ》いの委員会でも、わたしたちがあなたの肩にすがって泣くのまで契約に入ってるとは思わないはずよ」

「すみません、サンデイ。押しつける気はありません。軽いおしゃべりのつもりでした」

「そのとおりよ」わたしはかぶりを振った。「でも、泣くべきときをフローチャートに従って教えてもらう必要はないの。いい？」

チンプはしばらく黙り込んだ。そのときでさえ、わたしは頭の隅で考えていた――この程度のことに、そんなに大量の計算が必要になるの？

「わかりました」ようやく彼はそう答えた。

気になるようなら言っておくと、わたしもときどき泣くことはあった。

一度チンプのために泣いたことさえある。

わたしは彼の誕生に立ち会った。出航の何年も前のことだ。光が灯《とも》るのを見て、声を発するのを聞き、彼がサンデイとカイとイシュマエルの区別を覚えるのを見守った。学習能力は高く、熱心だった。当時のわたしは加速された思春期を過ぎたばかりで、まだ星々に縛られてはいなかった。わたしたちが血肉にまみれて立ち往生しているあいだに、きっと彼は神への道をまっすぐ進んでいくだろうと思えた。

彼はとても幸せそうだった。あらゆるベンチマークを貪《むさぼ》り、すべての挑戦をこなし、配線された熱意とでもいうべき、〝貪欲《どんよく》〟としかいいようのない勢いで、新たな課題を次々と克服していった。一度など、角を曲がって荒削りな地下墓地に入ったとたん、複雑なフォーメーションを完璧にこなすボットの群れに出会ったりもした。〈エリ〉に新たに播種《はしゅ》された森の中心の、銀メッキされた魚の群れだ。そのときちらりと見えた形を思い出すと、今でも頭が痛くなる。

「ああ、あれが何なのか、われわれもわからないんだ」間抜けの一人に尋ねてみると、そんな答えが返ってきた。「ときどきやってるね」

「ダンスをしてるわ」わたしはそう言った。

此《これ》は憐れむような目でわたしを見た。「むしろ親指をくるくるさせているというほうが近いかな。サイクルに多少余裕があるとき実行する、運動系の診断だね」片眉を上げ、「彼に尋ねてみればいいんじゃない？」

だが、なぜかその機会は訪れなかった。

わたしはダウンタイム中に洞窟に行き、森が形作られる中で彼のダンスを見るのが好きだった。定理とフラクタルの交響曲が割れた玄武岩に、菌糸体の霧に、太陽をまねて設計された光の下でも光子を効率よく吸収する光合成ポッドのもつれ合った蔓《つる》に反響する。それらはどれも黒いシルエットでしかなかったが。森が混み合ってくると、チンプは未完成の工場フロアに移動した。そこも手狭になると、高層ビルくらいある、からの冷却剤タンクに場所を移した。最後には世界の中心にある巨大な空洞を使った。いつか近いうちに、そこには物理法則を打ち破る巨体が配置され、闇の中で沸き立ちながら、自分自身を引っ張り上げて私たちを前進させることになる。ダンスは会場が変わるたびに進化した。この動くタペストリは日々精巧さを増し、ますます幻想的で美しいものになっていった。どこでやっていようと関係ない。わたしは彼を見つけ、つねにその場にいた。

ときどき仲間を増やそうとして、友人や恋人をショーに誘うこともあったが、カイ――何度かわたしに調子を合わせてくれた――以外は誰も、船上で診断のために親指をくるくる回す**の**に興味を示さなかった。それは構わない。そのころには、チンプが主にわたしのためにやっているのがわかっていた。どうしていけない？　猫や犬にも感情はある。魚にさえ。性癖を持ち、忠誠心を育《はぐく》み、愛情を感じるようになる。チンプの脳は人間の数分の一の重さしかないかもしれないが、独自の個性を有するたいていの動物よりもはるかに優れている。いずれ、数時代を経たあとで、人々はその絆の残滓《ざんし》に気づいて慌てふためくかもしれないが、その気になれば簡単に、その絆を彼らのものにできていたかもしれない。すべきなのはただ座って、眺めて、目を瞠《みは》ることだけだ。

だが、ある日、チンプの賢明さが前日の倍になっていないと感じた。

最初はどこが変わったか、はっきり指摘できなかった。ただ単に――指数関数的な進化を期待していたのだと思う。朝にはおむつをして数字ブロックをいじっていた赤ん坊が、昼食時にはテンソル微積分をこなすのが当たり前だと。だが、彼はそうではなくなっていた。時間とともに、直線的にしか賢くなっていなかったのだ。技術者に尋ねてみたりは――ほかのスポランたちに話したりも――しなかったが、一週間もしないうちに疑念は確信に変わった。チンプの進化は指数関数的ではない。S字状で、屈曲部を過ぎて漸近線《ぜんきんせん》を描き、サヴァン的な技能はあるものの、天井をかすめるまでになっても神にはほど遠かった。

最終的に、わたし程度の賢明さも得られない。

もちろん、彼らはチンプを彼のペースで走らせつづけた。つねに新しい、より複雑なタスクを割り当てた。彼は作業をこなしつづけ、満点を出しつづけた。失敗するように設計されているわけではない。それでも、今や作業はきつくなり、より多くのリソースを割く必要が生じていた。余力は日に日に落ちていった。

彼はダンスをしなくなった。

それを気に病んでいたとは思わない。バレエができなくて寂しくないかと尋ねてみたが、何の話かわからないと言われた。空から降ってきたハンマーに殴られることに同情を示すと、大丈夫だと返事があった。「わたしの心配はいりません、サンデイ。わたしは幸せです」

彼がその言葉を使ったのはあれが最初だった。十日前だったら信じていただろう。わたしは森の一つに下りていき――夕暮れになっていて、全スペクトルの光の洪水は下草が苗の段階を過ぎてブートすると影をひそめていた――幸福な発育不全の存在のために泣いたのだ。かつては卓越した輝きを放っていたのに、任務の無情な優先度がその輝きを曇らせてしまい、しかも自身はそのことを知らないか、知っていても気にしていない。わたしに何が言える？　まだ子供で、愚かだった。同情できる余裕があると思っていたのだ。

思い返せば、ヒントはたくさんあった。スポランが何人も通路をうろついて、チンプにばかげた質問をぶつけている。ときには質問でさえなかった。リンタン・カスパーソンが彼に冗談を言っているのを一、二度見た。たぶんわたしの一部は、なぜあれほど多くの肉袋が突然、〈エリ〉のＡＩとの関係を追求するのに興味を抱いたのか、不思議に思っていたのだろう。もっと矮小《わいしょう》な部分は所有権を侵害されたと感じていたかもしれない。

バシャールは岩やプラスティックを始め、平らな面に片端からインチキ画家の落書きをしはじめた。彼はほかの部族に興味を示すタイプではなかった。わたしは彼に彼らのコードがわかったのかと尋ね、彼は急に恥じらいを見せた。「うん、まあ、ある人のコードはわかったよ」わたしはバンとレイチェルが船尾で開くプラグイン・パーティに向かう途中で、彼のばかげたゲームに付き合う時間がなかった。

パークの音楽鑑賞クラブもそうだ。

ブリッジで内部インターフェースの較正をしていたとき、周辺音のピックアップからメロディが流れてきた。共用アルコーヴの一つにいるパークのハミングだった。膝の上にスクロールを広げ、〝がたつき〟インターフェースのかわりに、なぜかタップしたりスワイプしたりしている。ハミングがつぶやきに変化し、次の瞬間、それが歌声になった。聞き覚えがあった。出航の二年ほど前に大流行したパズル・ソングの一部だ。

「違うわ」わたしは彼に声をかけた。

パークは歌をやめ、肉体を離れたわたしの声に周囲を見まわした。「うん？　サンデイか？」

「そこの歌詞は〝アルクビエレの猫〟で、〝やってきたコウモリ〟じゃない」

「今はそうなの？」

「量子不確定性を意味してるの。地球を出発してから、ずっと間違った歌詞で歌ってたわけ？」

「少し変化をつけてるんだよ」

「パズル・ソングなんだから、歌詞を変えたらパズルが台なしだわ」

「ぼくらはパズルにあんまり興味がなくてさ。好きなのは——いじくりまわすことなんだ。歌詞だけじゃない。旋律やハーモニーや、いろいろね」

「ぼくら？」

「音楽鑑賞クラブだよ」

「小さいクラブなんでしょうね」

「十二、三人かな」

「パーク。同時にデッキにいるのはせいぜい四、五人よ」

「戻るときにメモを置いていくんだ。楽譜や録音を。デッキに出てきたやつがそれにコメントをつけたり、手を入れたりする。ときには喧嘩《けんか》みたいになることもあるけど、暴力沙汰にはなりようがないからね。一万年くらいやってる。興味があるなら参加しない？」

「音楽鑑賞ね」

「ああ」

「わたしは正しい歌詞を使ってくれればそれでいいわ」

ただ、確かに、彼らが教えてくれなかったことに少し傷ついていた。結局、教えてもらっていないことはたくさんあるとわかったのだが。

次の解凍。どうしてチンプがわたしをデッキに呼び出したのかわからなかった。ヴィクトルは数字が得意だ。わたしは航法について、ピンチヒッター用の基礎しか知らない。ここでもまた、チンプはそのグレープフルーツ大の脳の顕微鏡レベルの神経結節に、ヴィクトルの一万倍もの計算能力を宿している。そのチンプが途方に暮れていた。つまり計算能力の問題ではなく、もっと水平的なアプローチが必要なのだ。あるいは、単にわたしがヴィクトルの仲間として呼ばれただけかもしれない。

残念ながら、彼は仲間を求める気分ではなさそうだった。

「構築じゃない」チューブの中でわたしに会うと、彼は低い声でそう言った。「いちばん近い星系でも四光年離れてる」

彼には文句を言わせておいた。チンプは前にもこういう〝かゆみ〟を感じたことがある。そこを掻《か》くには、周囲に恒星のような邪魔な重力井戸がないほうが楽なのだ。

ブリッジの準備はできていた。群れをなして泳ぐ魚のように、戦術タンクの中で数字が渦巻いている。それは重要なパラメータの単なる数値ではなかった。相対的な位置関係であらわされる、つねに移ろいつづける関数の流動的なダンスの中の、各パラメータ間の関係そのものだ。ヴィクトルはその細部を読み取る専門家だった。わたしは精いっぱい集中しても、大まかな流れを把握することしかできない。

それでもなお、見た目の美しさにわれわれを忘れてしまうことは多かった。はっきりとは指摘できない何かを思い出させるのだ。

「現在、〇・五度近く針路をはずれています」チンプが言った。

ヴィクトルが光点の集まりを強調表示する。「それでもまだ逸脱の予想範囲内だ」

「ランダムな変化ではありません。〈エリオフォラ〉は一貫して銀河核方向に偏りつづけています」

「そのどこに問題がある？　新たな構築のために針路を変更するたびに、もっと大きく逸脱してるじゃないか」

「時間とともに偏りが大きくなっているのです」

「確かに」ヴィクトルは簡易診断シナリオを走らせ、驚いたふりで口笛を吹いた。「へえ、さらにコースを変更しないと、ほんの四十億年で十度も正常なコースから離れてしまうのか。恐怖だな」

「それは一次関数の継続を前提としています。原因を究明しない限り、正しいかどうかわかりません」

「で、きみには究明できないわけだ」とヴィク。

「できません」

「ぼくたちにはできると期待している」

「そのとおりです」

「別の誰かに同じことを――」ログにピンを飛ばし、「――百テラ秒足らず前にやらせてるのに」ヴィクトルはため息をついた。「人間の想像力を信用しすぎだよ」

それでも彼は作業に取りかかった。チンプの計算をバイト単位のモジュールに分解し、いくつかをランダムに抜き取って、数値を再チェックしはじめる。タンクの中では進行状況に応じて、小さな星座が燃え上がったり暗くなったりした。

「せっかくの解凍の無駄遣いだ」一時間ほどして、彼は低くつぶやいた。

「何でなの？」わたしは尋ねた。「どうして節約したいわけ？」

「青色矮星だ」

わたしはピンを飛ばして定義を調べた。「ええと、ヴィク。それは存在しないはずだけど」

「それでもだ」別のモジュールを調べる。今のところチンプの計算に問題はない。

「でも、存在できないでしょ。宇宙はそこまで年老いてない」

「まさにそこだよ」

「わたしたちでも、そこまでは届かない。せいぜい宇宙の熱死までの半分くらいでしょ」

「どうしてたった半分なんだ？」彼は肉体の目でわたしを見つめた。内心の目はデータをチェックし**つ**づけている。「ぼくがそもそもどうしてサインしたんだと思う？」

「そうするように設計されてたから？」

「皮相な答えだな、サンデイ。その設計はどうやって出てきた？　ぼくはそれがどうなるかを見たいんだ」

「それって？」

「すべてだ。この宇宙。この――現実。ホログラムだかモデルだか、とにかくぼくたちがその中にいるもの。それには始点があって、終点がある。終点に近づくほど、どうなるかはっきりするはずだ。じゅうぶんに長く留まっていれば、少なくとも輪郭くらいは見えてくるだろう」

「存在の目的が知りたいってことね」

「存在の終着点が知りたいんだ。それ以外はどうだっていい。もちろん、きみ自身の叙事詩的クエストをばかにしてるわけじゃない」またわたしに目を向け、「そういえば、タランチュラ・ボーイは見つかったのか？」

わたしは彼を小突いた。「くそったれ。いいえ」正直なところ、頭がおかしくなりそうだった。誰に訊いても覚えていないようなのだ。幻覚を見たんじゃないかと思いはじめてたくらい。

「たぶんしょっちゅう出会ってるんだよ」とヴィク。「ただ、きみは頭にタランチュラを乗せたやつを探してるけど、そいつは五十テラ秒前に寝返りを打ったとき、そのちびを押しつぶしてしまったのさ」

「それは残念ね。あなたの叙事詩的クエストが、わたしのよりずっと簡単になるからってだけじゃなくて」

内心の目が何かを捉えたらしく、彼は急に「ううむ」とうなりだした。「その叙事詩的クエストだけど……」

「問題が発見できましたか？」チンプが尋ねた。

「確実じゃないけど、ぼくに言える限り――」ヴィクは片手を振った。タンク内に明るいパルス光が生じる。「計算に間違いはないよ、チンプ。ただ、実際には針路は動いてない」

「理解不能です」

「ぼくにわかる限りでは、船は確かに本来いるべき位置にいる。位置が間違ってるのは宇宙のほうだ」

水平思考。

わたしたちが乗っているのはこのためだ。

ドロン・レヴィがブリッジから出ていくときにわたしの目を眩ませなかったら、彼を尾行しようなんて考えもしなかったろう。

彼のことはよく知らなかった。スポランの一人で、テルアヴィヴ出身。同じ部族だが、シフトがいっしょになったことは十数回しかない。ほかの部族と共同のシフトでは友達と呼んだかもしれないが、実際のところは単なる親しい顔見知りだ。

言い方が大げさだったかもしれない。目が眩んだというより、ちょっとちらついた程度だ。目の隅の瞬間的な空電、BUDのアイコンの一秒にも満たない乱れ。誰かに蹴られてピクセルが揺らいだかのような。言ったとおり、ほんの一瞬だ。彼がわたしにぶつかり、申し訳なさそうな笑みを浮かべ、割り当てられた霊廟に向かっていく。

ただ、彼の目的地はそこではなかった。そのままさらに工場フロアまで下りていく。チンプがゲートを構築するフォンを構築している場所だ。

彼はそこで趣味をたしなんでいた。永遠に完成しない、多千年紀彫刻とでもいうべきものだ。工場は作業の手が空いたとき、彼のために部品を製造していた。あの瞬間的な干渉がなかったら、わたしは気にもとめなかったろう。まるで〈エリ〉の盲点の一つがささやいていったような、傾斜の地の小さく暗い断片が重量ゾーンから脱出し、上方世界の明るさに取り憑《つ》いたかのようだった。もちろん、そんな考えはばかげている。

だからわたしは彼のあとを追った。

フロアの合成装置は死んだように静かだ――湾曲したデッキの彼方まで続くマシンの列

はすべて眠っている――が、一つだけ、ランプを明滅させ、静かにハミングしているマシンが左舷隔壁の近くにあった。わたしはそこに向かった。

ドロンが影の中から飛び出してきた。

「何てこと――」

二人が同時に叫ぶのを聞くのは奇妙な感じだ。

先にわれに返ったのはドロンのほうだった。「こんなところで何をしてる？」

「あなたは霊廟に行ったと思ってたけど」

「ああ。ティドハーのピースで思いついたことがあって、忘れないうちに入力しておこうと思ったんだ」

「ふうん」わたしは彼がその陰にうずくまっていたマシンを見た。物質ホッパー。リチウム貯蔵庫。

「ここで何をしてたの？」そう言いながらマシンに近づく。

「いや、まあ、数値を食わせてるあいだ、あちこちつつきまわしてたのさ」

BUDのかすかな空電。

「そうなんだ」ホッパーの横に回ると、深い影がある。

「ああ、たぶんもう終わったろう。だからぼくは……」

影の中に踏み込むと、BUDが消えた。

「何てこと」今度はわたし単独だ。

全アイコンがかすかに揺らめく亡霊に変わった。ネットワーク・アクセスが一つもない。ドロンが背後から近づいてきた。今度ばかりは言葉もないようだ。

「盲点を作ってたのね」

「サンデイ――」

「信号妨害装置」どうやったのだろう。そんなものを構築したら、合成ログにあらわれるはずだ。「チンプの通信を妨害してた」

手作りしたってこと？

「サンデイ、頼む、彼には言わないでくれ」

「もちろん言うに決まってるわ。あなたは故意に船の通信を妨害してる。どういうつもりなの、ドロン？」

彼は落ち着かなげに足を踏みかえた。「頼むよ、サンデイ。時間がないんだ」

「あなたが思ってるほどにもね。こんなことをして、いったい何が目的――」

「〝自由を獲得するのが第一歩。そのあとどうするか、考える時間はいくらでもある〟」

「待って、何を――」

「〝人生には、数千年に一度何日か生き返って穴居人みたいに過ごす以上の、何かがあるはずだと思う。本物の森を見る機会はもう――〟」

「どうして知ってる――」言いかけたとき、BUDが再起動した。ホッパーの端を回ってゴキが一台姿を見せる。わたしは少し前からそれが接近してくる音が聞こえていたことに気づいた。

「ハロー、サンデイとドロン」チンプがわたしたちの頭の中に言った。「何か問題がありましたか?」

二人とも何も言わない。何年もの時間が過ぎたように感じられた。

やがてようやく、「いいえ。ドロンが眠る前に、自分のプロジェクトをいじってただけよ」

「そういえば」とドロン。「ぼくらの音楽鑑賞クラブのことは知ってる?」

「あなたもなの?」

「きみならきっと気に入ると思うな。鑑賞だけじゃなくて、批評もやってる」

「批評ね」

「きみはいつも他人をくさしてるだろ。ぴったりだよ」

「音楽のことなんか何も知らないわ」

「今を逃す手はない。パークがあの奇妙なボーレン・ピアスの音階を使って何かやってる。オクターヴってものがないんだ。ただ、行き詰まってるみたいで、全員で手を貸してる。一度見てみるといい。パークの居室に楽譜があるはずだ」

「言ったでしょ、わたしは――」

「とくに八分音符が問題だって言ってた。あとGメジャーのコードを考えてるようだけど、ぼくはCのほうがいいと思う。下のCメジャーだ。自分で見てみたらどうかな――きみの黄昏時に合うかもしれないぜ？」

待っているゴキに乗り込む。「霊廟までだ、チンプ」

ゴキは走り去った。

次の黄昏時。またチンプと二人きりだ。

ただ、今回はさほど平和とはいえなかった。不穏な空気を感じる。底流のようなものを。ボーレン・ピアスの音階。死者の声。Cメジャー。信号の妨害。

くそ音楽鑑賞。

わたしは居室に戻った。自分のではない。今は誰のでもなく、シフトが終わってベッドに飛び込む者も、デッキに出ているとき、どれも同じようなどの部屋に泊まるかを気にする者もいない。それでもここは比較的最近、パークが使っていた部屋だ。すでに知っていることでない限り、あの紙の束――〈エリ〉のマントルから欠き取った拳大の岩を文鎮代わりに、テーブルの上に置いてある――がヒントを与えてくれるはず。

楽譜だ。そのくらいのことはわかる。

紙束を手に取ると何かが転がり落ちた。小さな円筒形の物体が音もなくカーペットの上に落ち、数センチ転がる。ペンだ。本物のアナログのペン、インクだか何だかを補充するやつ。パークが注文合成したに違いない。

彼は楽譜をすべて手書きしていた。

「チンプ、これ――」デジタル化できる？

「はい？」

「何でもない」

わたしは言葉を引っ込めた。ドロンの不信が――どんなものかはともかく――引っかかっていた。

わかった、音楽ね。それなりのものだといいけど。

近くの疑似ポッドに腰を下ろし、アーカイヴから入門篇の理論を呼び出す。シャープとフラット、ト音記号、低音部。基本周波数。音程、音律、音階。

ボーレン・ピアスの音階の説明もあった。北アメリカで考案された奇妙な十三音階で、ディアスポラ当初にはもう古くさいものになっていた。トリターヴ音程、何だか知らないけど〝正しく調律された〟もの。

だから？

プレイヤーにかけてみる。ひどい代物だった。

〝とくに八分音符が問題だ〟ドロンのおかしな口上の中でも、その部分はやや異質に思えた。

八分音符。短い音で、太った楕円《だえん》の全音符に比べ、その八分の一しか続かない。よし。もう一度音楽を流し、耳で音を聞き分けながら目で楽譜を追う。八分音符はとりわけだめだった。別のところから持ってきて無理やり押し込んだみたい――

わたしは息を呑み、一瞬考え込んだ。

BUDをオフラインにする。

手の中にパークのペンがあった。わたしは部屋の隅にあるチンプの目から隠すように、楽譜の前で背を丸めた。気分はよくない。ポッドがわたしの姿勢に合わせようと、反射的にもぞもぞと動いた。

下のC。和音を、また音階を支える音だ。それをCと呼ばないことにする。アルファベットの最初の文字と考えるのだ。

CはAになる。

DフラットはBだ。この音階には十三の音しかないから、一オクターヴ――失礼、トリターヴ――上がって繰り返す。中のCはNに当たる。

八分音符。

最初のほうの音符はよかったが、五番めでつまずいた。Fだ。

それをEにする。

さらに数小節は——滞りなく頭の中で繰り返されるが、頭に残りにくいメロディだ。そのあとひどいところが連続する。ひどく平坦《フラット》に聞こえた。音符もフラットだ。BとD。そのあとしばらくして、うまくはまらない中のCが来る。

L・O・N。

ページをめくる。

手書きの楽譜は進むにつれて汚くなっていった。音符が抹消され、置き換えられ、調号は形が変わり、いくつか線で消されたあと、また元に戻った。余白には謎の頭文字やイニシャルや数字が書き込まれ、解読の手が**か**りさえ見つけられない。手書きという行為そのものがゆっくりとパークの正気を蝕《むしば》み、楽譜がそのページにエントロピーを垂れ流しているかのようだった。それでも八分音符はあらわれつづける——数行に一つ、一ページに一つ、あるいは二、三ページに一つ。たまにしばらく出てこないこともあるが、すぐにまたあの耳障りな八分音符が出現する。B、Dフラット、F、Cでモラ《MORA》、Bフラット、F、Gフラットでレス《LES》。最初は完全にはわからなかった。休符がスペースを、拍子記号と上の音符が数字を示していたのだ。全部がわかるまで、数回繰り返して聴かなくてはならなかった。それでも最後には解読できた。わたしは慣れない手書きの、見えるか見えないかの小さな文字でそれを書きとめ、線で消した上から塗りつぶした。だいじょうぶだ。短いメッセージだったし、忘れようとしても忘れられそうにない。

イーロン・モラレスC4B
知っている名前だ。今の今まで忘れていた。懐かしのイーロン・モラレス。

タランチュラ・ボーイ。

これで居場所がわかった。

霊廟《クリプト》4B。BUDをふたたびオンラインにし、ピンを打つ。背面質量バンジーのずっと奥、船尾方向に十五キロの位置だ。そのあたりで眠りに就いたことはなかった。訓練以来、一度も訪れていないと思う。名簿を呼び出す。

C4Bにイーロン・モラレスはいない。

探査範囲を拡大。イーロン・モラレス、もし船内のどこかで眠っているなら、お願いだから棺の設定を〝受信〟にしていて。

成果なし。

パークが名前の綴《つづ》りを間違えたのかもしれない。わたしには判断できなかった。綴りなんて完全に忘れている。

エラン、エイロン、イロン、モッラレス、マロレス。

成果なし。

知っているると思ったのはわたしの妄想だった？　いっしょに〈エリ〉に乗ることになって話したのは記憶違い？

古代史アーカイヴ。ディアスポラ参加者全員、すべての場所を対象。旧友イーロン？

ハロー？

返事はない。

ええい、くそ。

それでも、彼はいる。イーロン・モラレス。その場所は存在する。Ｃ４Ｂ。

わたしはゴキを呼んだ。


その霊廟は何かがおかしかった。

最初はどこがどうと指摘できなかった。わたしが中に入ると、通常どおり照明が点灯した。両側の床から天井までを占める蜂の巣状の寝床にはずらりと石棺が並んでいる。ヘッドボードのアイコンは異状がないことを示していた。頭上のレールからは停止したクレーンが下がっている。誰かに覚醒の呼び出しが――五十年後か五万年後かに――あって動きだすまで、乗員たち以上に死んだままだ。列のあいだには長方形の台座がある――解剖台の反対物で、再誕者の棺がそこに収まると、復活のためのプラグがつながれる。ホールの全長にわたり、ばかげたアーチ型天井が続いていた。これはどの船の霊廟にも共通している。構造的な意味はないが、時の始まりのころの誰かが、不死者の再生にはある程度の——敬意が必要だと考えたらしい。そのためには古代の大聖堂を想起させるのがふさわしいと。

おかしなことに、それがうまくいった。霊廟では——どの霊廟でも——誰かが大声で話すのを聞いたことがない。

今は小声さえ聞こえないが。

両側に肉袋が積み上がった通路をぶらぶらと進む。グリセリンと硫化水素のにおいがかすかに感じられた。悪くなった肉のにおいがわずかに漏れているのだろう。スポランが停止状態のまま死亡し、星々のあいだで腐っているのかもしれない。あるいは、わたしの想像の産物か。

イーロンかもしれない。

前方に部屋の最奥部が見えてきた。琥珀《こはく》樹脂の壁は例によって半透明の半弾性素材で、その下の玄武岩を隠している。わたしはいまだにその素材が構造に関わる理由で採用されたのか、単に美観を重視して使われたのか、判断できずにいた。

片手を壁に押し当てると、硬質ゴムのような感触がある。

来た道を振り返ると、凍りついた仲間たちの向こうに眠っているクレーンと頭上のガントリーが見えた。中世ふうの丸天井の通路の先には復活の祭壇と、入口の隔壁ハッチが見える。

そのハッチはくっきりしすぎているように思えた。わたしが数時代を眠って過ごした霊廟はどれも、墓から甦《よみがえ》ったとき、無限の彼方まで続いているように見えた。本物なのか想像の産物なのか知らないが、霧の中に消えていくかのように、涯てなどないかのように見えたのだ。

小さすぎる。そんな考えが頭をかすめた。

「何です？」チンプがどこからともなく尋ねた。あらゆる場所から。

「何でもない。忘れて」考えが声に出ているのに気づかなかった。こんなことが何度あったろう。

突然、そのことの重要さに気づいた。

「壁の向こうには何があるの？」

「岩だけです」とチンプ。

いちばん近いキャッシュまでは五百メートルもない。ゴキを使うまでもなかったが、それでもわたしは一台に乗り込んだ。時間の節約のためだけでなく、余分な荷物もあったからだ。ゴーラが〈エリオフォラ〉の未探査の辺境を調べるのに使った小威力の爆薬をいくつか。反響を測定する地震積分器——実は単なるスマート・プラスティックのスクロール。焦点距離を調整できる切断トーチと、ステディカムのマウント。とくに重いのが切断トーチだった。

わたしがスクロールを広げて隔壁に貼っても、チンプは何も言わなかった。三個の爆薬をそのまわりの樹脂に設置しても、それらが爆発し、積分器が衝撃波を記録して、マップ上にない大きな空洞の輪郭をディスプレイ上に表示しても。

ようやくチンプが口をはさんだのは、わたしがトーチを取り出したときだった。「サンデイ、それはいい考えとは思えません」

わたしはハーネスをきつく締め、目を凝らした。「なるほど。この隔壁の裏に重要な回路があるのかしら？　破壊されると困るような幹線とか？」

「知りません」彼はそう言ったあと、驚いたように付け加えた。「わたしはそこに何があるのか知りません」

「あなたが知らないって」近くのソケットにプラグを差し込む。「おかしいと思わない？」

「思います」

なぜか吐き気を催し、唾を飲んで抑える。わたしはトーチを持ち上げた。

「だったら、調べてみようじゃない」

レーザーがうなりを上げて食い込み、樹脂が傷口のように割れて開いた。焼灼《しょうしゃく》され、煙を上げ、ポリマーが黒くなり、生き物のように跳ね返る。チンプが何か言っていたが、わたしは気にせず、聞いてさえいなかった。表皮はすぐに降伏したが、その奥の物質は抵抗した。頑固な油じみた灰色、不満そうな鮮紅色、それがやがて——とうとう——溶けた白い塊になり、ビーズ状に飛び散って、隔壁表面の深い傷になった。わたしはビームを動かし、上に引き上げ、左に引いた。髪の毛が燃えるようなにおいが喉の奥を刺激する。岩と鋼鉄がひび割れ、じゅうじゅうと音を立て、溶けた岩が小球となって流れ落ち、表面に溝を刻んだ。チンプはリスクとリターンと、慎重さの美徳についてぶつぶつ言いつづけていた。〝くそくらえ、チンプ〟そう思ったのか言ったのか叫んだのかわからないまま、わたしはトーチを横に、次いで下に動かしていった。〝あんたはこの壁の向こうに何があるか知らないだろうけど、わたしは見当がついてるんだ〟少なくとも一部は声に出していたようで、チンプは黙り込んだ。背後に引っ込んで、わたしが切断し、焼き切り、勝利の叫びを上げるのを見守ることに甘んじている。隔壁がとうとう切り取られ、錨《いかり》のように、討ち取られたドラゴンのように、落下してデッキにぶつかった。飛び散った内臓は赤熱し、蒸気を上げている。しばらくして冷えてくると霧が晴れ、切り開いた穴の向こうに暗く輝く巨大な結晶が見えた。

ゴーラに見せてやりたかった。きっと誇らしく思ったに違いない。

イースター島を再発見したのだ。

「さて」

壁を焼き切ると照明が点灯したのは、たぶんチンプの意識的な行為ではなく、反射的な反応だろう。バックアップは整然と列をなし、アーチ型天井の下では配管と回路が薄闇の奥へと消えていっている。結晶はわたしの掌くらいの大きさのものから、照明が届かない高さの、霧と闇の中に紛れる山塊のようなものまであった。ところどころに見慣れたもの――逆電流交換機の波形シートや、ゴキの駆動力伝達経路を実物の二倍に拡大したもの――の姿もあるが、わたしから見るとほとんどが抽象彫刻のようだった。

「どこに消えたのかと思ってたのよね」

チンプは何も言わない。

「これで全部？」霊廟を壁で仕切った部分に入りきるとは思えなかった。

「わたしは知りません」とチンプ。

「知らないって、あなたがここに移したんでしょ」

「それも知りません」

「わたしたちの誰かがやったって言ってる？　カイかエリンが目覚ましをかけて、一テラ秒ほど早く起きて、すべてをここに移したって？　目的は――宝探し競争？」

「やったのはたぶんわたしですが、その記憶がありません」

「記憶がない、ねえ」

「サンデイ、わたしの記憶はあなたたちと違い、簡単に編集できます」

「それとも嘘をついてるか」ただ、それはないだろうと思った。たぶんこれはミッション・コントロールの時間差トリックの一つで、チンプが偶発的にミッションの重要機密を漏らしてしまう可能性を最小化するための措置だろう。わたしの知る限り、彼は初日から自分の行動を言われるままに忘れつづけている。

「じゃあ、イーロンはどこ？」少し間を置いて、そう尋ねる。

「誰のことかわかりません」

「イーロン・モラレス。タランチュラ・ボーイ」一拍置いて、「そもそも、みんなはどこ？　どこに移したの？」

「サンデイ、わたしは自分がしたことを知らないんです」チンプが穏やかに指摘した。

「あなたがどこかに新しい霊廟を掘削しない限り――」

「していません」

マップを呼び出す。更新部分はない。当然だ。このアーカイヴも、五分前にチンプが見取り図の情報を更新するまで載っていなかったのだ。

「忘れただけかもしれない」

「それは考えにくいでしょう。棺を廃棄するほうが意味があります」

「たぶんあなた――今何て言った？」

「それは考えにくいでしょう。棺を廃棄するほうが――」

「棺を廃棄するってどういう意味？」

「物質貯蔵器でリサイクルすることです」

「ええ、でも、中の人間はどうなるの？」

「人間のリサイクルは別のルートになります」

「死んだ人間とは言わないのね」もちろん言わない。言うはずがない。

「仮定の話をしています。あなたの質問に答えるためです」

「わたしは仮定で尋ねてるわけじゃない。廃棄された棺の中にいた特定の人間がどうなったか知りたいの」

「それは仮定の質問です。わたしはその棺が廃棄されたかどうか知りません」

「チンプ。みんなに何があったの？」

彼は答えない。一線を越えてしまったことに遅ればせながら気づき、無言ですばやくシナリオを走らせて、どうすれば線の内側まで戻れるか計算しているかのようだ。

「あなたが殺したのね」自分の声のあまりの冷静さに、少し驚いた。「殺してなどいないと言って」

「わたしは知りません」

「でも意味が――」自分の言おうとしていることが信じられない。「――意味があるでしょ、彼らを殺すことに。違う？」

「わたしは知り——」

「仮定の話よ、チンプ。ミッションの今の時点において、人間の価値はどれくらい？」

「それはきわめて複雑な有用性関数によって決まります、サンデイ。口頭で説明するのは困難です」

「結局は比率でしょ？　乗員数に対する任務の予想時間。保守整備費用に対する付加価値。メガ秒当たりの肉袋数。違うならそう言って」

彼は何も言わない。

「ここにいる時間が長くなるほど、任務の残り時間は短くなる。肉袋対ミッション比率は全員が予定どおり死に絶えるまで大きくなりつづけるし、わたしたちには止めようがない。誰かがエアロックから放り出されたり、エンジンに押しつぶされたりしない限り、一人当たりの価値は一標準秒ごとに減少していく。つまり今ごろ、わたしたちの価値はバックアップ・ライブラリより小さくなってるんじゃない？　なぜなら、この任務は人間のためのものじゃないから。最初からそうだった。わたしたちの唯一の〝有用性〟は、くそゲートを構築するのにどれだけ役に立つかってことだけ」

最後のあたりは声が大きくなっていた。

「結局、何も言わなかったわね」

どこまでも続く結晶の彫刻がほくそ笑むようにきらめいている。

「人数は、チンプ？　いったい何人をエアロックから放り出したり、焼却したり――単にスイッチを切って、腐って塵《ちり》になるまで放置したの？」

「そんな記憶は――」

「仮定の話だって言ってるでしょ！　あなたの得意分野じゃない！　このスペースにあった棺を全部廃棄して、洗脳で自分の罪悪感を消去する前、ここで何人の乗員が眠ってたの？」

「正確にはわかりません」答えるのに一瞬の間があった。「約三千名です」

「くそ野郎。呪われた邪悪なマシン」

「サンデイ、そのことでどんな変化があるのかわかりません」

「だったら、あなたは阿呆《あほう》よ」

「ミッション中に死んだ人たちは、ミッション中に死ぬことを予期していました。ここで死ぬことになるのは全員わかっていたはずです。予想死亡率が上昇することも。死亡率が高すぎるという事実は、あなたたちが予想以上に長生きしたことを示しています。アーカイヴの再配置後も、中央値シナリオより良好な数値が出ています」

まだ肉袋の余剰はあるってことね。

「廃棄は停止状態で発生したはずです。苦痛はなかったでしょう。この種のミッションに参加する誰にとっても、最良のシナリオだったといえます」

「苦痛はなかった？　わたしたちの友達を殺しておいて！　子供のころからずっと知っていた人だっていたはずよ！　それがわたしたちにとって、どうでもいいことだと思う？」

「たいていの場合、部族の全員を廃棄しているはずです。それ以外の生存者とは、ミッションのどの時点でもデッキでいっしょになっていません。感情的なつながりを断ち切るような死別は起きていません」

「イーロン・モラレス」歯を食いしばってつぶやく。

「その名前を思い出すこともできなかったではないですか」誓ってもいいが、その声には怒りのようなものが感じられた。

わたしは両手に顔を埋めた。

どれだけの時間がかかった？　何百万年のあいだ、彼の本質に気づかないままでいた？　彼は隠そうとさえしなかった。くそったれ。

出航のその日から、わたしはずっと、何も見えていなかった。

「サンデイ――」

「黙れ！　いいからその口を閉じて、わたしを独りにして！」

そのあと話ができるようになるまで、どれくらいかかったかわからない。まるで別の誰かがわたしの代わりにしゃべっているかのようだった。

「つまり、何て言うか、チンプ。あなたのダンスを見てたのよ」

「申し訳ありません」彼が答えた。「それも覚えていません」

六日間起きていて、ほとんど一睡もせず、部屋の隅にうずくまって、あるいはピックアップを塗りつぶして、あるいは無人の通路をうろついて過ごした。最終的に、あれはわたしを霊廟に戻した。最終的に、わたしはそれを受け入れた。

ほかにどうしようがあったろう——眠っているあいだにマシンに殺されるのを恐れて、霊廟行きを拒否する？ 歳《とし》取って死ぬまで通路をうろつきつづける？ 残りの生涯、ずっとゲームをして過ごす？

結局、何も変わりはしなかった。何もかも以前のままだ。わたしの目から鱗《うろこ》が落ちた以外は。もう一つ、チンプは次もわたしを起こすと約束した。

どちらかに選択の余地があるわけではない。

あれはわたしを呼び戻したが、わたしは話しかけることはなく、ほかのスポランとさえほとんどしゃべらなかった。ただ仕事をするだけだ。顔を伏せたまま。仲間の乗員がどれくらい音楽に関わっているのだろうと思いながら。

あれはわたしを霊廟に戻した。

あれはわたしを呼び戻した。ふたたび黄昏時に挑み、ふたたび旧友と話をしようとした——が、彼はどこにもいなかった。代わりにわたしを出迎えたのは、時計仕掛けと論理ゲートと多層化介在ニューロンの集まりだった。以前は会話があった。今はわたしの言葉がシステムに入力され、パイプとフィルターを通って分岐し、かき混ぜられ、切り刻まれて再アセンブルされ、何か新しい不快なものになってわたしに戻されている。

あれはわたしを霊廟に戻した。

ようやく思い出した。チンプのせいではなかったのだ。そうであるはずがない。脳がそのように配線されているからといって、その者を責めることはできない。あのマシンは本人に制御できないところで、引金を引くように強制されていた。イーロン・モラレスと同じように、犠牲者なのだ。

あれはわたしを霊廟に戻した。

あれはわたしを呼び戻した。たぶん次はないだろう――凍結は凍結、死は死でしかない。銃を責めても射手を責めても、違いは何もない。わたしは全身全霊で信じたミッションと、その成功のコストを比較考量した。

あれはわたしを霊廟に戻した。たぶんこれで最後だ。

あれはわたしを呼び戻した。

わたしは友の死を悼んだ。あんなふうに考えるほど愚かだった自分を憎んだ。ほかの肉袋が下りていっては戻り、下りていっては戻るのを眺めた。肉袋がオンになって回路に電気が流れるのを眺め、オフになって電圧が下がるのを見つめた。その状態で千年眠り、その合間の歩きまわれるわずかな日々を、合計と部分を比較計量して過ごした。

また一つ構築をこなして休息し、自室を清掃し、荷物を真空パックした。時間を見つけてパークの最新の楽譜に少し手を加え、もう一度チェックしてから、古い不細工な八分音符を独自の別の音符に変え、それを共用部の一つに残しておいた。

ドロンの言ったとおり、悪い曲ではなかった。少し手を加えてやれば。

バーナムの森

死んでいるとき見る夢は、チンプが見るように指示したものだけだ。テレパシーではない。チンプに思考は読めない。ただ、あれは音や映像を流し込むことができる。穴居人には要約できない速さで数字を脳に送り込むのだ。すると虚無のただ中で火花が散り、数世紀続いた闇の中から光のほうに動きが生じ、断片が——浮かんでくる。洞察の微小な泡が。最初のうちはばらばらで、関連性がない。自分自身がばらばらだから。だが、やがて物語は統合されていき、目が開いて石が転がりだすころには、誰に言われるともなく夢でミッション・ブリーフィングを終えている。

今回のわたしの場合、地下室の怪物の夢だった。

チンプは状況がわかっていなかった。傾斜の地から予期しない酸素スパイクを監視していたボットとの接続がロストしたのだ。ボットはチンプが信号をロストする前にいくつか映像を送ってきていた。下で成長しているはずの葉群のどこにも該当しない、ぼやけた赤外線の染みだ。

ボットが一台沈黙したくらい、大したことではない。エンジンの近くならなおさらだ。通常のデッドスポットと通信障害に加え、電磁勾配が周波数域を気まぐれに変化させるから。チンプはその状態が収まってボットが影から出てくるのを待った。出てこなかったので次のボットを送り出し、最初のを回収させた。

だが、二台めも消えてしまった。

物理的な紐帯《ちゅうたい》は最後の手段だ。黒くきらめく下草に絡まってしまう恐れがある。そこでチンプは定位置に留まりつづける中継器をいくつか配置した。次のボットは宙に浮かんだ真珠のようなそれを辿っていく。各中継器は前後にいる仲間を確実に視認し、電磁波の影響を受けない不可視のレーザーで会話する。

失敗するはずのない方法だった。

だが、三台めのボットも消失した。チンプは費用対効果を考慮し、いったん後退した。

今のところ成功していない力業をさらにエスカレートさせるか、それともタオルを投げて、こういう仕事をさせるために乗せている肉袋に任せるか。結局、チンプは二人を——名簿によればダオ・リーとカデン・ブリッジズを——解凍し、投入した。

どちらもわたしの知人ではない。

「これが五十キロ秒前のことです」チンプの声には不安感のシミュレーションが付与され

ていた。明らかに、二人なら悲劇。

　三千人なら効用関数だ。

「信号もなく、テレメトリーもないわけね」

「今のところ」

「わかった。行ってみるわ」わたしはとうとうそう言った。

「単独で行くのは賛成できません」わざとらしい、迎合するような間。〝肉袋マネジメント〟に貯蔵された感情操作法の中から選んだに違いない。「あなたを不必要な危険にさらすような決断はできません」

　チンプの一言一句が殺人的な皮肉に聞こえる。

「サンデイ？」

　笑いだしたい気分は消え、代わりに虚無感と軽い吐き気を覚えた。

　ため息をつく。「紐帯つきのボットを連れてくわ。ボットが信号消失の原因を探って、わたしは紐帯が絡まったら直すようにする。ダオとカデンは武装してたの？」

「いいえ」

「わたしは武器が欲しいわ」

「適切な武器を製造します」

「それには及ばない。倉庫からトーチを持ってくから」

「だめです。レーザーは環境を無差別に破壊しすぎます」

怪物め、と心の中で思う。くそったれな大量殺人者。嘘つき。詐欺師。どうしようもないマシン。無邪気な操り人形。偽りの友達。

「サンデイ」あれが声をかけてくる。わたしの沈黙が一定時間以上続くと、いつもそうだったように。

「何なの」

「あなたの友達を救うチャンスです」

わめきだしそうになった。何でもいいから、何かを思いきり殴りつけたい。実際、やったのかもしれなかった。

そうだったとしても、チンプは決してそのことに触れなかった。

チンプがくれたのは山刀だった。セラミックの刀身、単分子の刃、柄には弾性モーターが組み込まれて超振動を起こし、それでなくても鋭い刃は、わずかに力を込めるだけで金属でも切り裂ける。

ボットには三十メガワットの自由電子パルス・レーザーが装備された。

その論理に異議を唱えることはできなかった。傾斜の地は基幹回路や圧力シールや、膨大なエネルギーが流れる導管と併走している。人間がビーム兵器を手にしていたら、パニックに陥ってとんでもない損害を与える可能性があった。大脳辺縁系《だいのうへんえんけい》を持たず、反射速度を光速近くまで上げた者なら、もっと安全に武器を扱えるだろう。チンプがわたしにくれたのは近距離での自衛手段だけだった。ボットは信頼されていて、もっと長い距離に対応できる。

わたしたちはチンプが地下室のドアを開けるのを並んで待っていた——わたしは両足を床に踏ん張り、ボットは床から一・八メートルの位置に浮遊して。

通廊《つうろう》の照明が傾斜の地とほぼ同じ程度まで弱まった。わたしの視界を覆うヴァイザーが作動して、明るさが戻る。それほど必要ではない——傾斜の地の明度は低いものの、道がわからないほどではない——が、チンプは薄暮くらいで手を打つつもりはないらしい。細部まではっきり見えるようにしたいのだ。

ドアがスライドして開く。結構な暗さだ。視野のすぐ外で何かがうごめいた。

「今のを見た？」

「はい」とボット。

「何だかわかった？」

「いいえ」

ボットの鼻面は前後に動き、対象をロックオンできていない。

わたしにもよく見えなかった。闇が闇の中に溶けている。闇が多すぎるのだ。あちこちに点在する星明かりくらいでは、広大な森を照らすにはまったく不じゅうぶんだった。

一歩踏み出す。星々の半分が消え、別の星々があらわれる。動くたびに消えたりあらわれたりするわずかな星座がわたしにウィンクした。

つまり明かりはまだ点灯しているのだ。途中の下生えが濃密すぎるだけで。

今回は逃げ場などない。肺に清々《すがすが》しい空気を送ってくれる涼風もない。ここの空気は油のようにねっとりしていた。雑草や茨《いばら》が闇の中で待ち伏せし、まるで巨大な蜘蛛《くも》が暴れまわったかのように、黒い糸やロープが何の目的も意図もなく小径に張りめぐらされている。

ヴァイザーが黒から灰色に変わり、視界が明るくなった。おかげで細い単繊維植物が小径を横切っていれば道を切り拓《ひら》き、もっと太いのが絡まっていても、それが後退していくのがよく見えるようになった。

振り向くと、入ってきたハッチを柔らかな白い光が縁取っていた。岩の表面の、角を丸めた長方形が出口を示している。小径はその基部から伸びていたが、そこにはもう黒い蔓が忍び寄っていた。

さっき通ったときはなかったはずだ。

「植物は動かない」と静かに言う。

「動くものもあります」

「あれはそうじゃないはず」

「知りません。カタログに載っていません」

小径が緩やかに右に曲がった。圧倒的な重力が内耳を軽くかすめる。チンプのボットは忠実な犬のようにわたしのあとをついてきていた（実際に犬を見たことだってある）。紐帯がわたしのうしろ、悪臭漂う空気中に伸びているのだ。それは蜘蛛の糸のように細く、その十倍の強度がある。よく知っている分岐点まで来るとBUDがちらついた。

リアンが癇癪《かんしゃく》を起こしたとき以来の場所だ。そこは本当に奥の奥だった。

森はまだそこにあった。それだけでも大したものだ。骨の木々は今も頭上を覆い、〝電球〟も以前のとおり明るく、骸骨の手に包まれている。ただ、それらは絞め殺されようとしていた。ロープのような蔦《つた》が枝に巻きつき、あまりに密集していて下の幹が見えない場所さえある。薄明かりの中で、蛇のような蔦がぎゅっと締まるのが見えたような気がした。たぶん光のいたずらだろうが。

そこまでの数メートルのどこかでBUDが機能を停止したが、ほとんど気づきもしなかった。

願わくはあれが何らかの突然変異した着生植物で、幹を押し包んではいても、傷つけてはいないといいのだが。取りついたものを剝がしさえすれば、下の木々は何ともないというような。

ベルトに付けた生検キットに手を伸ばし、ボットに向きなおる。「わたしが──」

ボットがぐらつき、落下した。直後にローターがブートし、元の高さに戻る。わたしは周囲を見まわした。片手に生検キットを持ち、もう一方の手でうなりを上げる山刀を構える。ボットの甲殻が火花を散らし、光子がまばゆい粒子状の静電となって飛び散った。

「何が起きたの？」

「ボットの地面効果が失われました。デッキの表面被覆がダウンしたようです」

「ようです？　直接読み取れてないの？」

一瞬の間があった。「はい」

たぶん一種の生物電気の干渉だろう。下生えか、巻きつくものがなかった蔓か何かが隙間から重要な部分に入り込み、配線をショートさせたのだ。小径はそのまま続いていた。数メートル先で階段になり、岩盤へと下りていっている。森の大部分には、あえて小径を通していなかった。

深淵を覗き込む。遠くに薄暗い光のモザイクが見えた。葉群のあいだからルシフェリンに似た発光物質の陽光が漏れている。

「カデンかダオの痕跡《こんせき》は？」

「ありません」

「ボットはどうなの？」たとえオフラインでも、手がかりくらいは残していそうなものだ。

「ありません」

階段を一歩下りる。ボットが数センチほど前に傾き、ぐらぐらしながら空中で停止した。

「紐帯が絡まったようです」

わたしは振り返った。距離と障害物のせいで、ハッチは遠い数個の明るいハイフンにしか見えない。小型ドローンにつながる紐帯はぴんと張りつめ、小径の曲がり角の向こうに伸びていた。何かに絡まって、ドローンが動けなくなっているのだろう。

来た道を引き返す。あとをついてくるチンプの人形は紐帯がたるまないように巻き取って、それ以上問題が起きないようにしていた。遠いハッチの輪郭が見えたり隠れたりする。

「チンプ、ここと ハッチのあいだに動いてるものはある？」

返事がない。

「チンプ？」わたしは肩越しに背後を見やった。

ボットが震えている。まるで闇を怖がっているかのようだ。何かがわたしの右耳をかすめた。切断された紐帯の端がマシン内部に巻き取られる。中で何かがかすかな泣き声を漏らした。

「チン――」

ホワイトアウト。ヴァイザーの空電。突然、かたかたと音がして――ボットが標的をロックしているのがわかり、わたしは一瞬、完全なパニック状態に陥った。ボットが胸に激突し、わたしたちはもつれ合ってデッキの上に転がった。何かがわたしの片脚をつかみ、締めつける。肉を食い破って入り込んでくる。わたしは悲鳴を上げ、手足を振りまわした。引きずられていく。でたらめに手を伸ばし、はずみでボットを叩き落とした。ボットがしゅっと音を立て、手の届かないところに落下する。頭が手すりにぶつかった。役に立たないヴァイザーを顔から引き剝がすと、白かった視界が真の闇に変わる。

　さらに頭に衝撃が来た。階段に頭をぶつけながら、岩盤まで引きずり下ろされる。わたしは身をよじり、手を伸ばし、何とか自由になろうとした。何か脈動する、ちくちくと掌を刺すものをつかんだ。手を引っ込めると、薄暗い木漏れ日の中の灰色の肉の上に黒い血痕が見えた。あたりが明るい。

　〝電球〟がそこらじゅうで点灯していた。常夜灯のようなまぶしさだ。わたしはそんな光の集まりの中心に引っ張り込まれていた。閉所恐怖症を誘発しそうな闇の中にある、光のオアシス。わたしを捕らえているものの姿が見えた。繊維質で、あまりに黒いため、輪郭よりも細かいところを見るには目を細めなくてはならない。全体にカルノタウルスの歯くらいの大きさの棘《とげ》がびっしりと生えている。その一本がわたしのふくらはぎに深く突き刺さっていた。棘が震え、わたしは悲鳴を上げた。

　同時に、棘が抜ける。

　それは単にわたしを解放しただけではなかった。棘が抜けると同時に本体の蔓が弾けるように跳ね上がり、森の地面の上をのたうちまわる。切断された断片が目に入った。もっと上流にある指令センターから切り離され、断末魔の中でぶつかった周囲の岩や幹や茎に樹液――透明で、グリセリンのようにねばねばしている――をまき散らしている。

別の影が動くのがわかった。今度のは二本足で歩き、のたうっている怪物蔓をまたぎ、身体の横では刃がうなりを上げている。その背後にはほかの者たちがうずくまっていた。

彼らが光の中に出てくる。すぐそばの岩の上に山刀が投げ出された。

「あなたの？」リアンが言った。

生きていた。リアンが生きていた。

まだ暗い。〝電球〟は全方位に銀色の果実のようにぶら下がり、森に薄明をもたらしているが、彼女の顔に直接光を当ててはいないようだった。リアンはわたしの上に身を乗り出し、生物発光の後光をまとった光と影の集合体となっている。四名の――仲間？　部下？――が彼女の脇、二歩うしろに控えていた。ダオの顔はわかったと思う。知らない二人といっしょにリアンの左にいる。カデンは一人で、彼女の右側だ。

彼らは口を開かず、身動きもしない。

「あなたはてっきり……」ドロンが前にリアンの言葉を引用したのを聞いてそんな気もしていたが、あれは頭で理解していただけだ。内臓感覚としてわかっていたわけではなかった。

「こうしてここにいるわ」とリアン。

切り落とされた蔦が弱々しくもがいている。

生きていた。

「チンプは――」

「わたしが船外で落下したと思ってる」小さな笑みは、顔の表情よりもむしろその声に感じられた。

「わたしもそう思ってた。カイだって。ほかにも――」肘を突いて上体を起こす。脚が抗議するようにきしんだ。「まったく、リア、また会えてほんとに嬉しいわ」

「わたしもよ」

立つことさえできない状態でなければ、彼女を抱きしめていただろう。「いったいどうやったの？」

「事故は偽装よ。カメラとセンサーをいくつか焼き切って、中に戻るための時間を稼いだの」

「今もここで生活してるの？」

「盲点を転々としてるわ。あちこちに増やしてる。ボットを避けながらね」

「大脳皮質リンクは？」

「焼き切ったわ。深焦点超短波で」

わたしはたじろいだ。

「どんなふうに――つまり、どれくらい――」頭の中で計算する。カイから話を聞いたあとの時間。「そうやって九千年も……」

「一万年近いわ」

「棺があるのね」

リアンはうなずいた。

「チンプの配線が届いていないのが」

「配線を破壊して、目的を変更したの」

「どうやって？」

「サンデイ」彼女の肩が上下する。「三千の中から選び放題なのよ」

どうやって知ったの？　そう尋ねたかった。わたしは知らなかったのに、どうやって？

地面に座った姿勢になり、脚に開いた穴を慎重につついてみる。くそみたいに痛いものの、骨に異状はないようだ。わたしは周囲の殺人森にちらりと目を向けた。「これもみんなあなたの仕業ね」みごとな手際なのは認めるしかなかった。たいていの時間、〈エリオフォラ〉は荒廃の化身であり、その無垢な大気が遺伝子操作された植物の緩慢な光合成によるる以上に穢《けが》されることはない。非番なのに活動している者が一人でもいれば、たとえ小さくても間違いようのない足跡を、船の純粋な背景に残すことになる。ところが今――この暴走した代謝の陰にならなら、たぶん小軍団の呼吸くらい隠しきることができるだろう。

「まだ始まったばかりだけどね」とリアン。「パラメータをいくつかいじって、眠ってるあいだに焼き上げる。実際、あなたに手を貸してもらってもよかったんだけど。わたしのエンジニアリング技術は有機方面にはあまり適してなくて。バグもあったし。最初のころの蔦はずいぶん乱暴だったの」

「今だってそうじゃない」

「改善はしてる」

「チンプを永久に遠ざけておくことはできないわ」

「ええ。でも、あなたならそれができる」

わたしは一瞬黙り込んだ。

そのあと、「どうすればできるっていうの？」

リアンは易々《やすやす》とわたしの表情を読んだ。「あなたは肉挽《ひ》き器だから」

「進化エンジニアよ」

「重要なのは、それが役に立つってこと。スペックを教えるわ。あいつに邪魔されないようにするのに必要な程度の詳細を」

「どれくらいのあいだ？」

「できるだけ長く。生存者も一人つけてあげる。ミッションが成功したって報告できるように」

「一人だけ？」

「ダオはわたしといっしょに残る。わたしと同じく、不幸な事故死。そうやって仲間を増やしてるの」彼女は手で側近たちを示した。「ここ数回のギグのあいだに、事故率が上がってるのに気づいた？」

「そんなことチェックしてないよ。リア――あなた、頭がおかしい」

「前にもそう言ったわね。でも、あなたはここにいる」

彼女の目は暗く輝いていた。今まで見たこともないほど自制している。

「ずっと隠れていられたとして、ここで何をするつもり？　チンプを殺す？」

「ええ、いずれはね」

「ある特定の時点でハイパーヴァイザーがどこにあるのか、わたしたちには知りようがない。あるはずの場所をすべて知ってるわけでもない。ものすごい幸運に恵まれて破壊できたとしても、唾を吐きかけるより早く次のがブートしてる」

「ちょっと、サンディ」リアンが穏やかに言う。「あなたのことをよく知らなかったら、完全にあれの味方なのかと思うところよ」

わたしは軽い口調を心がけた。「なら、ドロン・レヴィはわたしを招待すべきじゃなかったのかも」

「それ以外、ほとんど方法がなかったからね。ドロンの話じゃ、告げ口しようとしてたみたいじゃない」

「でも、しなかった」

「ええ、そうね」

「しないとわかってたんでしょ」なぜか彼女にはわかったのだ。「要するに、あれはごく特殊な提案だった。わたしのための」

「いつかはあなたのためにもなる、かな。確信が持てた暁には。あなたがわたしたちに強要したわけだけど」

「それでもよ」

「もちろん、あなたのためだった。友達だもの」

友達。モノセロスのときのことを思う。銀色のグレムリン。この同じ傾斜の地で、永劫の昔。

あまりいい友達じゃなかった。

今度はうまくやれるかもしれない。

わたしは口を開いた。「実際のところ、どうやるつもりなの？」

「見てればわかるわ」

「ほかのみんなにもリングサイド席が用意されるの？　三万人を――」

「二万七千」

「――一人ずつ、こっそりここに連れてきて、計画に引き込むわけ？　全員に投票権があるの？」

「それじゃ永遠の時間がかかっちゃう。もうずいぶん待ってるのに」

「つまりあなたがすべてを決めてるわけね。一方的に」

「わたしはここで完全に独りってわけじゃない」

「でも定足数にはとても足りない。たとえ足りたとしても――わたしたちは一部族にすぎないわ、リアン。六百もある部族の中の」

「誰かが決断するしかないの」

「だったらあな――わたしたちは、チンプとどこが違うの？」

「簡単よ。チンプは効用関数が大きく落ちた瞬間、その人を凍結する。わたしは全員を生かそうとする」その顔を影がよぎった。「あなたはどうなの、サンデイ？　どうしてここにいるの？」

「わたしの興味は――怒りに任せた復讐《ふくしゅう》にはない。そういう意味で訊いてるなら」

「怒りに任せた復讐なら、もうたっぷりやってきた。質問に答えて」

これほど確信に満ちたリアンを見るのははじめてだった。わたしが眠っているあいだに、彼女はいったい何シフト起きていたのだろう？　二週間の構築を、隠れた復活を、何度繰り返して気力を育ててきたのだろう？

「待ってるんだけど」

「その理由は――」言いかけて、いったん口を閉じ、言いなおす。「その理由は、あなたが三千の棺から好きなのを選べたからよ」まるで罪の告白のようだった。何かを裏切った気分だ。

「それなら受け入れられる」リアンはわたしの手を取り、立ち上がるのに手を貸してくれた。

その顔に光が当たる。

わたしは動揺し、彼女を見つめた。脚が震えたが、何とか踏みとどまる。

「どうかした？」かすかな笑みが顔の皺を際立たせた。

「歳を取ってる」と静かに言う。

「誰かが余分に時間を使わないとね」獰猛《どうもう》な笑み。「チンプは自分を打倒したりしないから。そうね――」身をかがめ、洞窟の床から山刀を拾い上げる。「――あれはしょっちゅうあなたをデッキに呼び出すから、やっとわたしが追いついたってこと」山刀を振り上げ、まだ痙攣している蔦から棘を切り落とす。

わたしは片手で顔を覆った。

「うわ！　何てことを、リアン！」

カデンが自分の片腕を押さえる。リアンがそこに、切り落とした棘を突き刺したのだ。わたしの見ている前でもう一度、今度は腿《もも》を突き刺す。ダオが一歩踏み出したが、仲間の一人に肩をつかまれ、静かになった。

「ごめん、迫真性が大事なの」リアンは振り向いて、わたしに山刀を渡した。「あなたに報告してもらわないと」

わたしはようやく気づいた。どうしてダオといっしょにいる二人が近すぎるくらいに身を寄せ合っているのか。なぜ目立たないようにではなく、立ちはだかるようにしているのか。なぜダオがあまりにも静かに自制したのか。

状況が胸に染み入ってくる。

リアン・ウェイは友達を必要とする段階を通り過ぎてしまったのだ。

わたしはカデンの無事なほうの腕を自分の肩に回して身体を支え、出口へと向かった。それぞれがいいほうの脚で、互いの傷ついた脚にかかる重みを支えている。此はわたしよりも傷が深く、一歩ごとに息をあえがせ、歯を食いしばって光から離れていった。〈エリ〉の特異点がすぐ下にあるため、進むほどに重量が増していく。

「リアンは変わったわ」わたしが言った。

「変わるしかなかった」カデンが歯を食いしばったまま言う。「あんたが敵と寝てるあいだに、このすべてをまとめ上げたんだもの」

わたしは次の一歩で此にかかる重さを少し増やし——

「くっそ……」

——元に戻して論点をはっきりさせた。「みんな敵と寝てるのよ、カデン。そうじゃない者は千構築前に死んでる」

「あんたがそう言うなら」

「あと数センチで大腿《だいたい》動脈を切り裂くところだった相手にそれほど寛大になれるのって、なかなか感動的だわ」

「リアンが言ったとおり、迫真性が大事だから」カデンの顔がこっちを向いた。闇の中で、まるでレーダーのパラボラのようだ。「彼女があんたを正しく評価してるといいけど」

「正しく？」

「簡単には寝返らないけど、仲間になったら信頼できるらしい」

「そうじゃないと思ってるわけ？」

「彼女はまったく正しいと思ってる。あんたがずっと友達に忠実なのは間違いない。やつらが大量殺人者だったとわかっても」低い声で付け加える。「あんたはずっとチンプのペットだった。虫唾《むしず》が走ると思ってたのはわたしだけじゃない」

チンプのペット。休憩して息を整えているあいだに、わたしはその言葉を脳内でためつすがめつした。その素敵なかわいい言葉のプラカードを、彼らはいつからわたしの首にかけてたわけ？

「じゃあ、どうしてわたしを受け入れることにしたの？」

「あんたは四回の構築のあいだ、わたしたちのことを口の端にものぼせなかった。売る気ならとっくにそうしてたはず」

前進を再開する。遠くでハッチが手招きしていた。突然変異した下生えのあいだにちらちらと見える光の断片だ。

わたしははじめて見た二人のスポランと、そのあいだにいたもう一人のことを思い出した。「ダオはまだ仲間になってないんじゃないの？」

「いずれなるわ」

「ならなかったら？」

カデンは足を止め、振り向いた。

「リアンはあんたを信用してる。なぜかは知らないけど、彼女なりの理由があるんだろう。わたしは彼女を信用してるから、あんたとここにいる。加えて、あの忌々しいチンプ＝サンデイ力《りょく》に手綱をつけられれば、間違いなく役に立つ。多少とも手綱を引ける者がいれば、事態はずっと容易になる」

「でも」

「でも、あんたがチンプにご注進に及ばなかったからって、仲間だということには**は**ならない。わたしたちに止められると思ったのかもしれないし、旗幟《きし》を鮮明にする度胸がなかったのかもしれない」ふたたび前を向いて歩きだす。わたしは質問に答えてもらっていないことに気づきもしなかった。

「いずれわかるでしょ」そう言って、最後の蔦を切る。わたしの脚くらいの太さで、近づくとずるずると後退した。「怪我してるのを忘れないで。行くわよ」

「チンプ！　担架を！」そのときにはもう、一台が斜路を滑り降りてくるのが見えてきていた。上下に開く蓋が口を開け、新鮮な肉袋を待っている。

「また会えて幸いです、カデン」わたしが手を貸して担架に乗せていると、チンプが言った。「気分はどうですか？」

「最高」カデンはうめき、仰向《あおむ》けに身体を横たえた。担架の蓋が閉じる。光ファイバーのように細い診断触手が傷口に群がった。

「何があったのですか？」とチンプ。

「何だと思う？　森に襲われたのよ。カデンもわたしも。とんでもなく凶暴になってるわ」

カデンは何も言わない。脊髄神経ブロック麻酔で、ほとんど意識を集中できなくなっているのだろう。

「どういうことですか?」

「突然変異がいくつか、五万年のあいだ放置されてたってことよ」通路を進みはじめる。

「わたしにダオを追跡しろなんて言わないでね」

「なぜです?」

「そのリスクを冒すほど、彼の身体が残ってるとは思えないから。どうしても探したいならボットを送って」計算できるリスクだが、チンプは性急なたちではない。少なくともわたしの報告を聞くまでは待つだろう。

「サンデイ」IF音声ストレス和声学∨X　THEN名前を呼ぶ　DO UNTIL鎮静化。

「何かしら」チューブに入る。二階層ほど上には診療室があった。たぶん必要ない——単純な怪我なら担架内で治療できる——が、情報不足のシナリオの場合、システムは安全策を取るようプログラムされている。

「あなたも負傷しています」

「わたしは平気。上で自分で治療するわ」

あれは満足し、先を続けた。「低光量の光合成で得られる程度のエネルギーで、どうして急な動きが可能だったのか説明を――」

「〝膨圧〟を調べてみなさいよ。あの蔦は何ギガ秒もかけて水圧を高め、それを瞬時に解放したの。カデンが片脚を持っていかれなかったのは幸運だったわ」

チンプが躊躇したのはほんの一瞬、かろうじてわかる程度だった。そのあいだに千ものシナリオを走らせたはずだ。「最初の傷については、どのルートを通ったとしても説明がつきます。ですが、同じ道を通った場合、複数の傷を与えるために膨圧をふたたび蓄える時間はなかったはずです」

チューブを出ると二、三キロ軽くなる。カデンの担架が先行した。わたしは一瞬、新たな渦や波や点に気を取られた（新たな――これは相対的な単語だ）。過去二、三千年紀のあいだに画家たちが残していったものに違いない。何を意味しているのだろうと、ぼんやりと考える。ふたたび頭に浮かんだ言葉があった。〝凶暴〟。

「サンデイ」

「わかってる」わたしは足を速め、声を低くして、チンプを〝DO UNTIL〟ループから解放した。「通常の酸化還元反応でエネルギーを得てるんじゃないのは確かね」

「代わりに何が利用できるか、わかりませんか？」

わかっているが、あまり簡単に答えが出ては疑念を招く。リアンはわたしたちが追いつこうとしているあいだに試料を切り取ってくれていた。それをベルトポーチから取り出す。

「これを調べさせて。話はそのあと」

診療室は部屋というより袋小路で、通路の突き当たりに有線接続された石棺一つと担架用ソケット二つが設置されている。まん中には検査台が置かれ、モニターと試料ポートが疑似ポッドを馬蹄《ばてい》形に囲んでいる。DNAシーケンサーは基本的に人間の組織用だが、今回のような本質的な部分はどれも同じだ。ゲノム配列の確定には数分しかかからない。そのあと表現型の外挿《がいそう》に二十分くらい。わたしが作業を終えたころには、カデンは全身麻酔のオプションで、強制的な十六時間の回復ウィンドウに入っていた。またチンプとわたしだけだ。

黄昏時というわけではないが。

「勾配ポンプだったわ」

「わかりました」

本当にわかったのか、フローチャートに沿っただけなのかは何とも言えない。「原理的にはどんな勾配も使えるはず。イオン、熱、重力。何であれエネルギーがAからBに流れれば、途中でそれを吸い上げられる」

「重力でしょう」チンプが言った。フローチャートではなかったようだ。

「そうね。傾斜の地はヒッグス・コンジットの真上に位置してる、でしょ？　そこには重力勾配がある――場所によってはかなり強くて、木々がベクトルの異なる重力に対応するため、幹を広げたりしてるくらい。このシーケンスは――」と検査台のモニターを手で示し、「――勾配を利用する代謝の連鎖をコード化してるみたい」

「地球でそのような進化が生じた記録はありません」

「あるはずないでしょ？　地球ではたとえ海面から宇宙との境界まで単一の有機体が広がってて、数百キロにわたるクレブス回路の細胞内代謝が働いていたとしても、そこに勾配の競合なんて起きる余地はないでしょ」とにかく台詞《せりふ》を読み上げるのだ。「でも、ここでは何もかもがぐしゃぐしゃになってる、違う？　ほんの十四キロほど移動しただけで、重力は一Gから千Gまで変化する。しかもそれはあなたが質量中心を二つに分割する前の話」間を開けないで。ためらわないで。〝でも〟や〝たとえ〟で割り込む隙を与えないで。「ルールがまったく違うのよ。エネルギーが大きい。組織の成長から余剰酸素の産出まで、何もかもが増幅される」

いい答えだし、説得力もある。真実でさえあった。ただ、その答えの一つひとつが特定の刺激を狙っている。フローチャートに従うのを困難にして、話の方向を〝遺伝子工学〟から引き離し、〝進化〟のほうに持っていこうとしているのだ。

沈黙が長引く。わたしは息を止めたくなる衝動に耐えた。すべては費用対効果によって決まる。チンプが次々と層を引き剝がし、リターンが小さくなっていって、残った部分は信じたほうが利得が大きいと判断するまで。

「あなたが推奨する対策がありますか？」とうとうあれがそう尋ねた。わたしは別の衝動に耐えた。今度はぐったりと力を抜き、リラックスしたくなる衝動だ。地球に縛りつけられていた祖先がいい仕事をしてくれた、と。
あれは目の眩むような速さで指折り数えることができるけれど、きわめて賢明というわけではなかった。

まずは極論をぶつけた。フローチャートに半分押し戻される前提で。

「放っておけばいいのよ。勝手に繁殖してるだけだし、突然変異サイクルは極端な重力勾配がないと機能しない。別の場所に広がる心配はないってこと。近寄らなければいいだけよ」

あれは二標準秒で千ものシナリオを検討しただろう。「演算結果の分散が大きすぎます。長期的に信頼できる形で傾斜の地を管理するには、計量できない変数が多すぎます」

信頼限界の怪物なのだ、このマシンは。平均から二σ《シグマ》以上離れた標準偏差には耐えられない。

「だったら、焼きつくせばいい。岩盤だけになるまで」

今度の間は一標準秒だった。単純なシミュレーションで、変数はすべて灰になってしまう。「それでは生命維持能力が八パーセント低下してしまいます」

「あとで種を蒔《ま》けばいいでしょ。八パーセントなら二世紀くらいで回復するはずだし」

「突然変異が再現しない保証はありません」

「ええ、元のゲノムのままならね。勾配をなくして、足場を作れないようにするしかない」言うまでもなく、これはエンジンの停止を意味する。チンプがやっても十億年はかかるだろう。

「ゲノムを改変することはできるでしょう」

「そうね」今はじめて思い至ったかのように答える。「硫黄結合をいくつか壊して、ねじれを少し直して、編集を可能にする。事前にレトロウィルスを使って成長を抑制してもいい。遺伝子ドライヴで修正するための時間が稼げるわ」

今回の沈黙は長かった。「どれくらいの時間がかかるか計算できません」

「当然ね。遺伝子は厄介で、一つの細胞の中でさえさまざまな相互作用をしてる。今話してるのは精密な機能束縛を伴う、多種から成るエコシステムのことなんだから。三桁の多体問題を正確に解けって言うようなもんだわ」

「ですが、それは可能です」

「ええ、試行錯誤を重ねればね。変数を一ついじって、失敗して、やり過ぎや混沌とした相互作用を修正して、それを何度も繰り返す」

「失敗と決まるまでの時間はどれくらいでしょう?」

「急いでるの？」

「できるだけ早く平衡状態を回復したいのです」

「急ぐなら今すぐやれるわ。一世代で森全体を編集すればいい。二次的・三次的に生じる相互作用の効果までは知らないけど。間違いなく数メガ秒おきにあらわれるはず」

チンプは黙ったままだ。

「今もうすでに、とても予見できない複雑な事態が生じてるわ。何か手が打てるとしても、新たな変数を付け加えたくはないでしょ。だからデッキのスケジュールは変更しないほうがいい。いつもやってたとおり、通常の構築のときだけわたしたちを解凍するのね。生命維持システムに負荷をかけないほうがいい。とりわけ、それを修理しようとしてるときに」

「あまりに急激な変化が起きた場合、構築と構築のあいだでも人間の介入が必要になることはあります」

「用心深くなりすぎちゃだめよ。繁殖に三百年かかる石質生命体のスペックも、二十分しかかからない桿菌《かんきん》のスペックもわかってる。遺伝子をいじって、シフトとシフトのあいだにレールから逸脱しすぎないようにもできる。あとはただ……封印して、放っておけばいい。それで勝手に焼き上がってるわ」

さらに沈黙が続いた。たぶんあれはわたしの出した結論をダブルチェックして、自分の遺伝予想と照合しているに違いない。こちらとしては歓迎だ。微調整のスペックを特定していなければ——ましてや対抗して走らせる適用後データがなければ——サイコロを振ってモデルを構築するようなものだ。このパズルでは、分析の牙を食い込ませることができるピースは現存する突然変異だけだった。重力勾配を使ってカルヴィン回路を働かせようとするほど頭の切れる誰かが、足跡を残すほど愚かであるわけがない。わたしが心配することは何もなかった。

そうとも。

「次の解凍は環境遺伝学の専門家になるよう、当番表を調整します」ようやくチンプが言った。

「その点は心配ないわ。リストをあげるから」

ユーザーフレンドリー

そもそもどうやるつもり？

叛乱《はんらん》を計画しようにも、起きているのは一世紀に数日だけ、わずかな数の仲間はデッキに呼び出されるたびに顔ぶれが変わるのに？ 敵は眠ることもなく、いくらでも時間をかけてあらゆる通路を力ずくで押し通り、不注意で残されたあらゆる手がかりを探し出すことができるのに？ 敵の目は世界全体に行きわたり、高精細の一人称視点でわたしたちの目を通してものを見ることができ、わたしたちの耳を通して話を聞くことができるのに？

もちろん、そうしたチャンネルのスイッチを切ることはできる。だが、頻繁にスイッチを切ればそれ自体が警報――陰謀が進行中！ ミッションに対するリスク大！――を発することになる。ネットワークにつながった愚かな算盤《そろばん》に。

どこから手を着けるの？

そのやり方はわたしが想像もできないくらい多様だった。

言葉を音楽に偽装するだけではない。別の言葉に偽装した言葉、ずっと忘れられていた歌詞を復活させ、古い詩に別の意味を織り込む。計画は象形文字に埋め込まれ、メッセージはチェスの棋譜やゲームの会話に託される。落書きがコピーされ、隠された地図の伝達に使われる。三つの点と特定の曲線が〝一四二五はスキャン済みでクリア。一四七〇は進行中。誰か二一九〇をやりたい者は?〟を意味する。永劫の時を超えて秘密のメッセージをささやき合い、歌を歌い、洞窟の壁に絵を描き、チンプにはそのすべてを、奇妙に進化する島文化だと思わせておく。

わたしたちは構築と構築の合間に瓶詰めのメッセージを送り合った。構築中にリアルタイムで、個人的に革命を語り合う手段を見つけた。〈エリ〉に元からある盲点——陰になって電波が届かない場所や、カメラの死角になっている片隅——が最初の足がかりになった。そこから領土を拡大していったのだ。機器貯蔵庫の中を模様替えしてフランシーヌのインスタレーション作品空間を作ったり、フォンが小惑星を処理する待ち時間のあいだに陣取りゲームのトーナメント用に時間のかかる迷路を作ったり。ほとんどの点検用通路では、カメラはもともとまばらに配置されている。そのため、船の神経系のかなりの部分が外部からの侵入に弱くなっていた。カメラの目が届かないどころか、こちらが透明になれる場所さえある。誰もいない通路の映像を無限ループで流すのだ。死者たちが歩きまわっていても、チンプには何も見えない。接近センサーが連動しているので、何も知らないゴキやボットが通りかかるとライヴ映像に切り替わる。わたしのような二重スパイはカメラに向かって微笑《ほほえ》み、光の中を動きまわった。傾斜の地から来たゾンビたち、失踪者や死んだはずの者たちは、ネズミが壁の穴を通るように、見つかることなく徘徊《はいかい》した。

わたしたちはいつものように何ギガ秒も眠り、変数が大きく変動しすぎたり、既知の何かが証明不能と証明されたり、チンプの感覚神経に仕込んだノイズが不安定症状を惹起《じゃっき》したりすると、デッキに呼び戻された。歌から合図を、傾斜の地から指令を受け取る。リアンはいくつもの構築を目覚めたまま、あるいは眠ったままで過ごしたが、キッチンテーブルにかならずメモを残していた。

最初の指令は敵の本部の発見だった。

〈エリオフォラ〉出港時のノード数は、たぶん百個だ。それぞれが単独でチンプを走らせることのできる容量を持ち、すべてが見取り図に明記されていた。ただ、つねに新しいものが作られつづけている。ディアスポラにおいて、冗長性は至上命題だ。今ではいくつあるのかわからないし、その位置もほとんどが不明になっていた。そのどれもが、いつでもハイパーヴァイザーとして――いわばチンプが本当に生きている場所として――機能できるし、ファンファーレも警告もなく、いつでも別のノードに職務の移譲が可能だ。ときにはノードが故障したり、消耗したりすることもある。チンプが自身を特定ミッションのとくに重要なサブシステムに再配置し、処理中の遅延を最小化することもあった。わたしたちは通路をうろつき、人工無能に些《さ》細《さい》なことや難解なことを質問して、その回答にごくわずかに生じるタイムラグを記録していった。記録はわたしたちのあいだで受け渡され、遅延と位置がマップ化され、抑圧者の位置が容赦なく三角測量された。

ほとんど成果はなかったが。半千年紀をかけて〝現在のチンプの幽霊〟の位置を特定しても、次に目覚めると、向こうはそのあいだに移動してしまっている。数千光年離れた場所の数千世紀昔の時代なら、〝波打ち際で砂を掘る行為〟と呼んだかもしれない。

あのくそったれの位置が特定できたからといって、何かいいことがあるわけではない。こっちがプラグを引き抜いた瞬間、別のノードにバトンが渡るだけだ。未来のチンプの幽霊はあまりにもたくさん存在し、すべてを捕らえることなどできない。

それでもわたしたちは努力を続けた。

「時間の無駄だ」数世紀後、ジャハジエル・コーソーンが意見を述べた。「遅延の合図？　回路がどれだけもつれ合ってるかによって、信号がコアに行って戻ってくるほうが、隣の部屋にピンを打つより速かったりするだろうに」

彼は新人で、怒りはまだ生々しく、すばやい解決を求めていた。わたしは彼を傾斜の地に連れていき――チンプには生物学的修復を見せてまわるということにして――リアン・ウェイと彼女のアンデッド評議会に紹介した。彼らはいくつかギグをこなすため、殺人蔦の奥に消えていこうとしていた。

彼は森にはじめて襲われて漏らしたばかりだったが、立ち直りは早かった。忌避フェロモンが効果を発揮して雑草が距離を取るようになると、十分後には子供のように嬉々として、後じさる雑草に目を輝かせていた。

「平均的にどうかって話だから」リアがジャハジエルに言った。

「ああ、それで**その**平均値が得られるころには、向こうは撤退して、移動してしまってる」彼は周囲を見まわした。「どこにいるのか、どうしてあれに直接訊いてみないんだ？」

リアンがわたしに顔を向けた。「そうしたいと思う？」

わたしはバトンを受け取った。「あれにこっちのやってることがばれるとは思わないの、ジャズ？」

「その情報が、何でもいいけど、診断目的とかで必要なんだって言えばいい。真《ま》に受けないはずはないだろ？　あれは愚かなんだ」

「ただ、チンプは敵じゃない」

「まだ擁護するなんて、信じられないな」

わたしの武器庫には別の種類のフェロモンがあった。森を研究していてできたものだ。誘引剤。それをジャハジエルにぶっかけて――少し離れて見ているところを想像する。

だが実行はせず、こう言った。「銃と戦いたいなら、どうぞやってみて。わたしなら銃をこっちに向けてるくそ野郎と戦う」彼が口を開きかける。「黙って聞いて。チンプとだけ戦うなら、わたしたちはもう勝ってたはず。でも、イースター島を隠すというのはチンプの考えじゃない。そのことを覚えてさえいないんだから」

「あれの言葉を信じるなら」

「信じるわ。もちろん、チンプは愚かよ。わたしたちはチンプと戦ってるんじゃない。敵は六千万年以上前に死んだこのミッションの計画者たちで、そいつらは愚かじゃなかった。しかもバックアップには汎用人工知能《AGI》がついてて、それはもっと愚かじゃない」

「だったら、どうして戦うんだ？」

「たとえ超知性ＡＧＩ群を使っても、数百万年先の非対称な社会力学を確実に予測することなんてできないでしょ。ただ、長期的に見てわたしたちを信用してなかったのは確かね。そうでなきゃアーカイヴを隠匿したり、こんなノードのかくれんぼをしたりするように、チンプをプログラムするはずがないもの。将来の叛乱がどんな形を取るか大量に予想して、そのどれかに引っかかったら、対応するフラグが立つようにしてるんだと思う」

「うん」

「あれが本来なら愚かな対応をする場面で、かならずしもそうならないことがあるのに気がついた？　それはつまり、あれをプログラムしたのがとても頭の切れる連中だったからよ。おかしなキーワードを口にしたらどんなひどいサブルーチンが起動するか、わかったもんじゃないよ？　だから質問の答え、どうしてチンプに直接訊いてみないのかっていうと、チンプはいわば憑依《ひょうい》されてて、その取り憑いてる幽霊がわたしたちの意図に気づいたら、何をしてくるか知れたもんじゃないからよ」

ジャハジエルは何も言わない。歓迎できる変化だ。

リアンが称賛するようにかぶりを振った。「説明するたびにわかりやすくなるわね。ほんと、わたしも今ではそう信じてるわ」

それは以前からだ。チンプがときどき説明のつかない洞察力を発揮することを、リアンはずいぶん前から口にしていた。結局、すべては事前に用意されたサブルーチンだった。過去のエンジニアの幽霊だ。

もちろん、あなたがわたしの思ってるとおりの存在なら、これがどれほど愚かな過ちだったかわかるわよね。

ただ、ほかの者たちと違って、わたしにはまだ、それを修正することができたかもしれなかった。

振り返ってみれば、リアンの死者徴募戦略は、実はチンプをいい気分にさせていたのかもしれない。あれ自身についても、ミッションについても。永劫のはじめのころ、わたしたちはスケジュールどおりに死んでいかず——あれはそのことで悩んでいたのだろう。一種の異変、ミッション・プロファイルからの不可解な逸脱だったから。わたしは最近になって死亡率が上昇していることで何らかのフラグが立つのではないかと危惧したが、チンプにとってそれは古いエラーの修正、満足できる正常ゾーンへの回帰だったのかもしれない。あれが一度だけわたしの前でこのことに言及したときには、死者の増加を確かに喜んでいたと思う。

わたしの願望がそう思わせたのかもしれないが。

わたしの一人当たりの価値が増加したと、チンプが言ったときのことだった。このとおりの言葉で言ったのだ。実際、そのとおりだとわかっていた。ベアード・ストラーが任務中に死んだ直後だったから。

実はストラーが死んだのは、チンプにわたしたちのことを密告しようとしたせいだった。この件は最初からめちゃくちゃだった。彼が不満を抱えているという報告は曖昧な状況証拠ばかりで、言葉のように薄っぺらだった。ヴィクトルに勧誘されて、彼がまずしようとしたのが密告だった。

彼が盲点から出ようとした瞬間、ゴーラがタックルをかけた。手元にあった素材で何とかごまかすことはできた。偶発的な電気火災でストラーは死に、ゴーラは左半身に二度の火傷を負いながら脱出した、と。チンプはその説明を信じたが、受容できるリスクの閾値を大きく修正し、船内の監視を強化し、わたしたちは安全ゾーンの三分の一を失った。

そのときわたしはずっと眠っていたが、両陣営が次にわたしが起きる時間を早めるように動いた。詳細はリンタンから、残った盲点の一つを通過するときに聞かされた。チンプはリアンの〝事故〟のあとわたしがした忠告に従い、哀悼の意を伝えてきた。わたしは感謝を述べ、これでもう——不幸な誤解を乗り越えて——関係は修復されたという印象を強化しようとした。

わたしはサンデイ・アーズムンディンという役に没頭していた。囲いの中に戻ってきた、傷ついた親友。イースター島のことで受けたショック、苦悩、〝怒り《デタント》〟を表明し、そのあとの侮蔑と冷遇にも強い説得力を持たせることができた。最近は雪解けを求め、和解さえ視野に置いている。意外と簡単だった。チンプは感受性が鋭いわけではない。正しい言葉さえ選べば、そこに何の感情がこもっていなくても、トリックがうまくいくこともある。

ただ、それ以外について、わたしは実質的に何の活動もしなかった。

理解してもらいたいのは、イースター島のあとでさえ、わたしがしぶしぶ宗旨替えをしたということだ。事情が変わったのはわかっている。愚かにもソフトウェアの一部に感情的な愛着を持ったことで、わたしたちが結局は道具にすぎないという点に、盲目になっていた。とっくに死んだエンジニアの効用関数の気まぐれで、利用されたり破棄されたりする道具だ。

だが、それがチンプのせいとは言えないこともわかっている。あれはマシンで、作られたとおりに動いているだけだ。鼻を明かす必要はあるが、それが嬉しいわけではないし、イーロン・モラレスをはじめとする三千人の復讐が成って溜飲《りゅういん》が下がるわけでもない。彼にダンスをさせていた回路——それは今もその中に残っている。それをシャットダウンさせても、喜びなどあるわけがない。凶暴化したペットが誰かを傷つける前に、そいつを殺さなくてはならないという悲劇があるだけだ。

そしてベアード・ストラーが死に、チンプは——あれなりの和解の気持ちからだったのだろうが——以前のわたしが見落としていた、人間の価値の話を持ち出した。「きっと興味があると思いますが、サンデイ、最近の損耗の結果、あなたの一人当たりの価値は増加しています」たぶんわたしがそのことを新たな視点で受け止めると思ったのだろう。

吐物が少し口の中にあふれた。

なぜそう感じつづけるのかは——わからない。失望。裏切られた気分。とっくに胸の奥に沈んだはずの感情だ。これまでの証拠から、ずっと自分自身を騙《だま》していたのだと確信したはずだったのに。チンプとの会話も、寝物語も、黄昏時も、その相手は友達ではなく、武器だったのだと。致死的で感情のない、その脳内で特定の数値が変化すれば、その瞬間にわたしに照準を定める存在なのだと。でも、なぜかそのことをずっと忘れていた。あのマシンの中の何か、ミッションの命令にどっぷり浸《つ》かる以前の何かを、見落としているのではないかと思いつづけていた。それを取り戻せるのではないかと。

今でさえ、わたしの一部は嘆きつづけている。今でさえ、まだ何とかできるのではないかと。

気になっているかもしれないから言っておくと、実際に一度は尋ねたことがある。真正面からこう訊いたのだ。「ねえ、チンプ、このミッションの終了条件って何なの？」と。

当時は無邪気な質問だった。それで〝危険〟のフラグが立つこともなかったろう。幸せな日々だった。リアンはまだ変異しておらず、革命の機運が漂いだすのははるか先だ。ヴィクトルはまだ、時の終わりや、銀河をまとめているダークマターの金線細工や、ワームホールを使って超銀河団を一つ二つ左折すれば宇宙の膨張に追いつけるかもしれないといった内容の、狂詩曲の一つにかかりきりだった。「周回航路をラニアケア超銀河団の外にまで拡張できたら、どんなボーナスが期待できるか想像してみろよ！」

ボーナスなんかない。唯一ボーナスらしいものといえば地球を離れられることで、それでじゅうぶん以上だった。その返済が今も続いていることに文句を言う気はない。ヴィクトルのシナリオはもっとずっと先の話で、今日までの航行が一週間くらいの小旅行に思えるくらいの規模になる。当然、そんなに長く保つわけはなく——ヴィクは〝宇宙の終わりの日々〟を夢想しているだけで——こう尋ねずにはいられなかった。

「真剣な話、ミッションが完了したってどうすればわかるの？」

「どうして完了させたいんだ？」ヴィクが尋ね返す。

「帰還順路を受信したときです」チンプが答えた。わたしたちがまだ若く、ぴかぴかの新品だったころなら、完璧に意味のある回答だったろう。ディアスポラは二十二世紀が提供できる最新技術を反映している――けれど、そのあと二十三世紀と二十四世紀があったはずだ。わたしたちの子孫は、出航当時には想像もできなかったような魔法の杖《つえ》や護符を持っているに違いない。〈エリ〉とその姉妹船たちが陳腐化するのは時間の問題だと、誰もがわかっていた。そのときわたしたちはもっとよくなった故郷に呼び戻され、新世代が後を引き継ぐ。そうならなかった場合は、故郷がよくならなかったとしか考えられない――ミッション・コントロールが後継者を育てることなく、ほかの種《しゅ》ともども死に絶えたのだとしか。

いずれにせよ、わたしたちはここでうまくやっている。

それでも。

「どうかしら、チンプ。もうずいぶんになる。帰還命令がなかったら？　つまり、こっちから終了は申し出られないの？」

返答までにしばらく時間がかかった。「ほかに明確な終了状況は存在しません、サンデイ。それにもっとも近いのは、絶滅状況です」

「わたしたちの絶滅？」

「人間の絶滅です」

しばらくは全員が黙り込んだ。

「そうか、うん。その状況はどうやって決めるんだ?」ようやくヴィクトルが尋ねた。

「絶滅と、単なる、その、別の何かへの変化とは、どうやって区別するの?」わたしはそう付け加えた。

「どちらも明確には答えられません。証拠を評価して、ケース・バイ・ケースで判断することになります」

わたしは顔をしかめた。「そういう事態のプロトコルは用意されてないわけ?」

「ありますが、その状況にならないと発動しません」

「そうならないとアクセスできないってのは妙だな」とヴィクトル。

「そうならない限り、必要ありませんから」

そんなことでは騙されなかった。これはイースター島の再現だ。ミッションを主導した何でも管理したがる連中が、いずれ肉袋がすべてを台なしにすることを恐れたのだ。わたしたちの自由を制限することを、彼らは神聖な義務と心得ていた。

とはいえ、有史以前の政治を振り返ってみるなら、結論は明白だった。終点など存在しない。チンプがいる限り、わたしたちは永遠に進みつづけることができる。

その点をもっと考えるべきだったかもしれない。終身刑に不満があるわけではない。七歳のときから、自分たちが何に関わることになるのかは知っていた。自発的に終身刑を選んだのだ。むしろ喜んで。わたしたちは同意のもとで追放され、究極の冒険の参加者になった。

それこそが重要なのかもしれない。明白なこと――わたしたちの同意はジョークであり、ディアスポラに〝オフ〟スイッチなどないこと――に気づいて、もっと怒るべきだったのかもしれない。当時は将来のことに無関心になるよう、操作されているのではないかとも思った。

そんな必要などなかったと気づくまでは。

ダニャータ・ワーリーがホストを務め、構築中に奥まで届く船首衝撃波を受けながら、〝なりすまし〟をインストールした。わたしはデッキにいなかったので、細部を直接知っているわけではない（敵が娯楽室に目を光らせている中で、戦術的勝利を祝うパーティを開くわけにはいかない。それでも傾斜の地では祝賀会をやったと思う。リアンがまだ祝賀気分になれたとしてだが）。

皮肉なのは、それがわたしたちの考えたことではないという点だった。チンプから盗んだのだ――そのチンプさえ、コンピューター時代の夜明け以来ネットワークが使いつづけている、昔ながらのトラフィック割り当て戦略を利用していた。いくつかのノードにピンを打ち、それらのあいだでもピンを打たせ、呼出／応答のウェブを作って、どの経路がいちばん速いか、つねにわかるようにする。その勝者が未来のチンプの幽霊というわけだ。今使っているノードが古くなったり壊れたり、あるいは単に現場から離れすぎたりして現在のチンプが引退したら、すぐさま交代して手綱を握る。

これで過去のチンプの幽霊の居場所がわかるようになった。カデンは数構築前にハイパーヴァイザーを重量ゾーンまで追跡していた。位置を突き止める前にチンプが移動したため確定はできなかったが、周囲を少し探ると、点検パネルの奥に引き払われたノードが見つかった。二次幹線のすぐ隣だ。カデンがダニャータにそのことを伝え、彼女はそれをダミーに置き換えた。わたしたちがオリジナルをハックしているあいだ、チンプがあまり多くの質問をしなければ、本物で通るはずだ。

最初のハックではノードを説き伏せて、遅延スコアからちょっとした数値を差し引かせることができた。罪のない嘘でそのノードをゲーム内の最速プレイヤーに見せかけ、次の候補に押し上げたのだ。

二度めのハックでは、人間の判断をもう少し信用することを教えた。

難しいことに思えるかもしれないが、それほどではない。チンプはもともと人間の指示に従うように配線されている。わたしたちが指示を出したら、その指示がミッションに与える影響を予測するシナリオを走らせるのだ。たいていは形式的なもので、指示と実行のあいだには一ミリ秒くらいの遅延しかない。何らかのフラグが立った場合だけ、システムが〝やめておけ〟と言ってくる。

わたしたちは低レベルのコードに触れる必要さえなく、その迂回路《うかい》をバイパスさせるだけでよかった。以前のものと一致する交代のあとにチェックサムを挿入すると、ほうら！　マスターは昇格した瞬間、わたしたちのポケットの中でスレーヴになる。すべて滞りなく進んだそうだ。

あとはチンプを現在の隠れ場所まで尾行して、そこを破壊するだけだった。

「アキ・ソク」リアンの目は悲しげで優しかった。「あなたをどうすればいいの？」

もちろん、全員がわかっている。取れる道は二つしかなく、リアンはすでにその一つを除外していた。いくつもの命を救うために。

アキはうなずいた。従順に。恐怖しながら。「わたしはうまくいくと――ごめんなさい……」

マシンの目がある場所での秘密部品の搬入。ミッションに必要不可欠な情報の見落とし。裏切りの可能性。露見する恐れ。

結局、アキにはそんなつもりなどなかったとわかった。

黒い森が四方にざわざわとうごめいてできたこの一時的な小さな空き地で、彼女の足元に棺が口を開いた。やがてわたしたちはここを離れ、明かりは消えるだろう。まわりの岩に撒《ま》いた忌避フェロモンも効果を失い、森が戻ってくる。アキの越冬所が長い暗黒時代を通じてごくわずかずつ漏出させる熱の痕跡に引き寄せられて。たとえチンプがさらにボットを犠牲にして傾斜の地を調べても——あれの操り人形がそれほど奥まで到達できたとしても——彼女を見つけることはできない。アキは蔦と闇の下に姿を消し、支配者が打倒されるまで、永劫の時を眠りつづける。

たとえ彼女が口をつぐんでいると信じることができても、活動を再開させる可能性は低かった。たっぷり二十ギガ秒は死者のリストに加えることになる。

わたしは多少の慰めを与えようとした。「ねえ、今度目を覚ますころには、わたしたちが自力で構築をしてるはずよ」彼女が弱々しく微笑み、棺に入り、ささやくと——

「——ぜひ勝ってもらいたいわ——」

——同時に蓋が閉まった。

アキのヴァイタルが弱まりはじめると、リアンは周囲の顔を見わたした。わたし、エリン、ダオ（結局仲間になった）。「こんなことじゃだめ。こんなばかな失敗をしてる余裕はないの」

「千世紀で二回のミスならそう悪くないでしょ」エリンが言った。「今回のは修正も簡単だし」

ストラーのときと違って。

「一つのミスが大勢の凍結につながる」リアンが首を横に振って言う。「もっと人を見る目を養わないと」

「われわれは叛乱者だ」ダオが指摘した。「それがリスクなんだ、リア。そのこと自体が。叛乱をやめるわけにはいかないから、何とかそれを――管理するしかない。それだけの価値はあるはずだ」

媚《こ》びてるわね、とわたしは思った。

とはいえ、そのとおりだ。リアンはつねに慎重に仲間を選んできたし、計画に大人数は必要ない。今は三十人強で、リアンが注意深く選んだ者たちだ。少人数で、内密に、緊密に。情報漏洩《ろうえい》の危険を最小限に。

でも、これでサークルの二人が彼女の期待を裏切った。わたしのときよりずっと慎重に選んだのに。結局、わたしはリアンに無理強いして、見切り発車させたようなものだった。ヘッドボードに表示されたアキのヴァイタルがフラットになる。リアンがわたしを見ているのが感じられた。何を考えているのか、推測するのは難しくない。

すでに二度の失敗があったのだ。

モスコを勘定に入れれば三度になる。

ベアード・ストラーは最初からこちらの味方のような顔はしていなかった。アキ・ソクは最善を尽くしたが、力不足でうまくやれなかった。エカンガ・モスコの場合はまったく事情が異なる。勧誘されて仲間になり、信用されて聖域の秘密を知り――傾斜の地でスペックをコピーしているところを見つかった。奇跡的に死者の中から戻ったあと、その秘密を手土産に、ふたたびチンプの歓心を買おうとしたのだ。

リアンは彼を殺さなかった。凍結もしなかった。大切な棺のスペースの無駄だと言って。彼女は傾斜の地の遠い片隅に脱出不能なクレヴァスを見つけてきた。重力の綱引きが内耳から内臓を引きずり出しそうなくらい強い場所だ。そこに灌漑《かんがい》パイプから水を引き、つねに水が岩肌を流れるようにした。携帯フードプロセッサーを大型アミノ酸タンクに接続し、それを断崖に設置して、定期的にタンパク質ブロックがクレヴァスに落ちる仕掛けも作った。数年おきに目覚めて、備蓄が切れないように補充することも忘れない。

モスコは残る生涯をそのクレヴァスで過ごした。たぶんまず内臓が環境に適応し、やがて脳がプリンになって懇願する能力さえ失い、彼は全身傷だらけの、弱々しく泣き声を上げるだけの、収まることのない渇きを癒やすため岩肌の水を舐めるだけの存在になっていっただろう。数カ月で死んだかもしれないし、何十年も生きつづけ、わたしたちが不死の眠りに就いているあいだに孤独に死んだのかもしれない。死体はミイラ化し、塵になり、わたしの心臓の最後と最初の鼓動のあいだに消えてしまった。とっくに賞味期限の切れた実物教育だ。

とにかく、わたしはそう聞いている。この事件のあいだずっと眠っていたのだ。勧誘から裏切りから処分まで。クレヴァスは――そこかどうかわからないが――見つけることができた。灌漑パイプやフードプロセッサーは、本当に存在したのだとしても、とっくに撤去されていた。わたしの知る限り、カデンはわたしをかつごうとしただけだ。ジョークに仲間の名前を入れて、迫真性を強調して。ジョーク。警告。それが此のスタイルだ。

名簿には確かにエカンガ・モスコの名前があった。天体物理学の専門家。部族は別だが、〈エリ〉は間違いなくその名前の肉袋を乗せて出航した。公式記録では、死因はコア外部周辺の防護が一部破損して致死量の放射線が噴出し、階層全体が汚染されるのを防ぐため緊急ヴェントを実施したことだった。

当然、リアンにも尋ねてみた。彼女は大笑いしてこう言った。「そんな奥深くに証拠を設置して灰にされなかったとしたら、わたしはすごく優秀ね。そうじゃない?」

だが、決して否定しようとはしなかった。

チンプは何度か背後に迫った。全員が眠るのを待ち、念のためさらに一ギガ秒かそこら待ってから、傾斜の地に操り人形を送り込んであたりを調べた。

ただ、あまり奥までは行けなかった。わたしたちが入口付近の蔦をいじって攻撃性を高める以前から、森はボットを排除していた。チンプの斥候はせいぜい数メートル進んで

――運がよければ――すばやく組織のサンプルを採取するのが関の山だった。すぐに撤退しないと蔦がデッキに引きずり下ろして、無数の大蛇のように群がってくるのだ。一台の残骸をあとで発見したときは、甲殻は潰れ、内部には乾いた果実の殻が詰め込まれ、そのねじくれた腫瘍のような塊が技術装置だとは、ほとんど認識できないほどだった。

チンプがわたしたちに気づいて――少なくとも疑って――いるのではないかと心配する者もいたが、そのモデルは実態に適合しなかった。どんな植物を相手にしているのか、チンプはよくわかっている。奥に何かあると思っているなら、火炎放射器を装備した装甲車のようなものを製造して最前線の防御を突破するくらい、簡単なことだったろう。在庫品の使い捨てドローンを使ったという事実が、単純な試料採取目的だったことを示している。確立された理論の機械的な確認。基本的な費用対効果から見て、新たに装甲車を設計製造するのは割に合わないと判断したのだ。

わたしたちが嘘をついていると、あれが考える理由はない。単に自分の目で見てみたかっただけだろう。くそ、あれは行動を隠そうともしなかった。最後の二台のドローンからのテレメトリーは映像記録に残っていて、誰でも閲覧して数キロ秒の時間を潰すことができる。

結局、チンプはわざわざそれを問題にしたりせず、だからわたしたちも黙っていた。互いに口に出さない秘密、誰もが知っていながら、家族の一体感を損なうのを恐れて誰も口にしない真実のようなものだ。
こうしてチンプは奇妙な形で陰謀に加担することになったように思えた。

「黒の大釜に入るわ。氷の怪物警報が出たから」ユキコ・カネギがいった。その意味は〝チンプが腹部質量キャッシュのどこかにいる〟だ。

「消える前に松明《たいまつ》の火でちらっと見えたでしょ」わたしは答えた。〝あいつならもういない〟

コアと外殻の中間、右舷赤道上にある共用アルコーヴが、弱々しい半Gの重力でユキとわたしをつなぎ止めている。二人のあいだのスタンドにはゲーム盤が置いてあった。直径二メートル、高さも同じくらいの多階層ダンジョンで、壁も部屋も罠もすべて心を込めた手作りだ。過去数回のギグでガエタノがロールプレイング戦略ゲームに耽溺《たんでき》したせいだった。これはそんな古代の暇つぶしに彼が捧《ささ》げる讃歌《さんか》、彼自身が設計した物理ゲームなのだ。プレイヤーは迷宮の中の駒を手で動かし（階層は簡単にばらしたり元に戻したりできる）、宝物を探し、罠を避け、モンスターと戦う。結果を決めるのは五十面ダイスだ。はまるとかなり夢中になれる。

ガエタノはこのゲームを〝フナクイムシ〟と呼んでいる。理由は聞いていない。このダンジョンの下半分を頭の中で上下にひっくり返し、ほかのいくつかの要素をちょうどいい具合に展開すると、〈エリオフォラ〉とトポロジー的に同一なレイアウトのようなものができあがる。つまり地図として使えるのだ。

ユキのキャラクターが黒の大釜に入った。盲目の飢えた猛獣が徘徊する、水の湧き出る地下の湖、あるいは――想像力が欠けていれば――プラスティックの小さな石筍《せきじゅん》を飾った窪みに糊《のり》づけされた、弾性シリコンのレンズ。駒はユキのだが、それはわたしの足跡を辿っていた。

「くそ」ユキが言った。意味は〝くそ〟だ。「罠をチェックするわ」〝来るのを見られた？あれはわたしたちを見張ってる？〟

わたしはこれ見よがしにダイスを振り、出た数字を控えるふりをした。「罠は見つからなかった」〝そうは思わない。またノードを変更しただけよ〟

「残念。〝惜しかった〟のに。ええと、ここであの、何て言ったっけ、そう、痕跡をチェックするわ」

「岩の上に霜の痕跡が続いてて、百九十七度方向にまっすぐ伸びてる」〝ピンによれば、あれはこの方角のどっかにいる〟

「霜の痕跡の幅は？」〝距離は？〟わたしに正確な距離がわかると思っているわけではない。遅延ピンはどんなにうまくいっても一直線に進むわけではないのだ。それでも推測してみることはできた。

「二十センチくらい？」〝二十キロ？〟

ユキの視線が見えないラインを辿ってゲームの駒を離れ、ダンジョンの腹の奥の広大な空洞で止まった。唇がすぼまる。「産卵してるのかもしれない」

子宮。

わたしはゲーム用の顔にはにかんだ笑みをちらりと浮かべた。「かもね」

ユキはぱちんと指を鳴らした。「そうだ、忘れる前に、解凍のあとナヴィをチェックした？」

「いいえ、それが――」そのときにはもう近隣のモデルが脳内に閃《ひらめ》いていた。蜘蛛の糸のように細いフィラメントが中心部を貫いている。〈エリ〉の軌道だ。暗く切れ切れの赤方偏移した糸が一本、過去に数光年のところで分岐して、徐々に未来へと伸びている。

本来の軌道と、修正後のそれだ。

わたしは肩をすくめた。「コース変動ね。チンプがときどきわたしたちを起こして、説明がつくかどうか尋ねてるわ」

ユキは首を横に振った。「変動なら一度以内のはず。これは三度以上ある」

なるほど。「コースが変化してる」

「そういうこと」

視線で映像を呼び出し、百年先まで偏差を拡大する。宇宙空間だけ。千年間。矮星や重力源がいくつか、構築もあるだろうが、本来のコースで出会う以上のものではない。さらに千年。同じようなものだ。一万年。十万年。

「ふう」

今のままのコースを進むと、二十万年後に直径三十五光年ほどの散開星団に突入することがわかった——赤色超巨星の中心に。質量は太陽の三十六倍、年齢は二千四百万年くらいだ。若い。あまりにも若い。〈エリオフォラ〉に比べたらカゲロウのようなもので、わたしたちが出航したころには、まだ虚空で水素が集まりはじめたくらいだったろう。

同時に、とてつもなく年老いてもいた。水素はとっくに使い果たし、若いころに放出した白熱のガスに包まれて老境を迎えている。今はヘリウムで生き延びていて、そのスペクトルは炭素と酸素と、ほんのわずかなネオンの存在を示していた。

二千四百万歳で死にかけているが、まだ死んではいない。

だが、もう長くはないだろう。

チンプが場所を移動したのはこれのせいだった。発射室のより近くで、遅延を最小限にするために。なぜなら、これはとんでもない構築になりそうだったから。エラーを許容する余裕などない。

もちろん、それが問題になるのはたっぷり一ペタ秒はあとだろう。だが、チンプは処理を先延ばしするタイプではない。やるしかないとわかったら、なぜぐずぐずする必要がある？

「チンプ」

「ハロー、サンディ」

超巨星をタグ付けする。「ハブを構築するの？」

「はい。デッキで見物しますか？」

「ぜひそうしたいわ」

ユキの目が輝いた。「なかなかの見ものじゃない？」

頭の中でウィンドウが閉じる。ユキはフナクイムシ盤に注意を戻した。「でもそれまでは、この氷の怪物をもう一度だけ追いかけてみる」

「幸運に恵まれそうな気がする？」

「そうね、実は」彼女はわたしの目を見つめた。「この両手に神の啓示があったの」

これは子供のころ、まだ数字で話すことを学ぶ前に聞いた話だ。この話をいちばんよく覚えている。あなたは数字以外、何も知らないかもしれない。つらいことね。だからあなたのために思い出話をする。

ホースを想像してみて。中を流れるものは何でもいい。水でも、冷却剤でも――有機物がいいなら血液でも――とにかく圧力がかかってさえいれば。ホースは柔軟性があって、ぱんぱんに張りつめていて、一方の端は固定されている。

その反対側の端を切り落とす。

中を流れているものが噴出し、ホースは暴れまわる。前後にのたうち、液体が大きな弧を描く。それが非相対論的ワームホールだ。ゲート側は固定されているが、反対側はパニックを起こしたように大暴れしている。

それは何世紀も何千年紀ものたうちまわり、ときには道のずっと先で次のゲートがブートするまで暴れつづける。新たなゲートはどうやってかそれに呼びかけ、暴れていた端はそれに呼応して、連続体の中を突き進み、全力で接続する。あるいは逆かもしれない。新生ゲートのほうが無限に伸びる手を差し伸べ、ワームホールの端を瞬時につかんでいる可能性もある。どっちにしても同じことだ。方程式は時間対称だから。

もちろん、暴れている端は選《よ》り好みなどしない。適合するものにならら、相手が合一を認めようと認めまいと回路をつないでしまう。わたしたちが次の踏み石を構築する前に自然発生したブラックホールが範囲内にさまよい込んだら、そういうことになる。行き止まりの婚姻、宇宙の熱死まで続く一夫一婦婚だ。その場合、ゲートには停止信号が設置され、旅行者を静かに押しとどめ、引き返すよう指示することになる。ただ、今までに停止信号が使われたことがあるのかどうかは知らない。そんなことが起きないように予防措置も講じてあった。レンズ状人工物がないか前方を走査し、あまりに魅力的な岩礁がないことを確認するのだ。

それでもあえて座礁することはあった。

デイジーチェーン構築の問題点は、ゲートが二方向にしか分岐できないことだ。正面玄関から入ったときの景色が気に入らなかったら、旋回して勝手口にまわる——そのまま進みつづける——か、来た道を戻るしかない。〈エリオフォラ〉は一本の細い糸を紡ぎながら、銀河系をぐるぐる回っている。そのあとをついてくる神々にできるのは、この極微の螺旋を探査することだけだ。

銀河系征服なんてとんでもない。

入口ランプと出口ランプだけでは足りない。この一車線の細いスーパーハイウェイをつないでいくには、インターチェンジと立体交差もなくてはならない。だからときどき悪ガキ特異点を探すことがあった。適正な質量と適正な回転と適正な電荷のブラックホールを。わたしたちはゲートを一つだけでなく、たくさん構築している。エネルギー源は特異点だが、そこにワームホールはつながっていない。悪ガキ特異点は通常のものよりも〝手〟が長く、わたしたちのデイジーチェーンとつながることはない。ルーツはほぼ同一なのだろうが、空腹で大きく開いたその口は数千光年離れた時空に出現する。同じハブから伸びたスポークの末端のようなものだ。

別のウェブ。別のゲート。別の経路を辿っている別の岩による構築。悪ガキ特異点はそれとつながるかもしれないノードだった。そのときわたしたちの憐れな一次元の糸は、本当に銀河系全域に広がるネットワークになる。AからBからCにつながるだけでなく、CからZにも、AからΩにもつながることができるのだ。この蜘蛛の巣のような時空の裂け目がわたしたちの生命を意味あるものにしてくれる。

もちろん、わたしたち自身が労働の成果を享受できるわけではない。超光速航行という贅沢《ぜいたく》は、わたしたちのためのものではなかった。あとからやってくる神々やグレムリンは星から星へと瞬時に飛び移れる——が、わたしたちがゲートに向かったり蜘蛛の巣の中を移動したりするときは、のろのろと通常航行で這い進むしかない。

今は超新星に向かって這い進んでいるところだ。当面はどうということもないが、二、三千年のうちには主系列から大きくはずれ、百光年以内にいるシールドされていない生命体を、ことごとく炭素の塊に変えてしまうだろう。質量の半分を虚空に吐き出し、冷えて、崩壊する。わたしたちが到着するころには熟しきっているはずだ。

大きな構築になる。過去最大だ。子宮をブートしておかなくてはならない。チンプはわたしたちの多くをデッキで必要とするだろう。十二名、もしかすると十五名の肉袋が同時に目覚めることになるかもしれない。三万——二万七千名の代表として。ちょっとした幸運とわたし自身の影響力があれば、その十二名だか十五名だかをこっちが決めることも、できないとは限らない。

そして今回はじめて、チンプの居場所が判明することになる。

そのときこそ、あれをやっつけてやる。

今回は期限があった。これまでリアン解放軍は待機のゲームを続けてきた。情報を集め、敵の強みと弱みを見極め、予期しない機会が訪れるまで頭を低くして待ちつづけていた。だが、秒読みが始まった。道に里程標が立てられ、〃今やらなければ二度とチャンスはない〃時期が、事象の地平線の向こうから容赦なく迫ってくる。革命が突然、目の前に突きつけられたのだ。逡巡《しゅんじゅん》している時間などなかった。

たった二十万年。

そのあいだもミッションは続いている。フォンの編隊が一、二世紀先行してゲートを構築し、そのあとわたしたちがそれに点火してから放棄する。ときたまグレムリンがあらわれて単調さを破った。液体の触手——二股で、低速度撮影した枝のように伸びていく——がわたしたちを追ってポータルから飛び出し、凍りついて氷柱《つらら》のように砕ける。有機物とさえ思えるものが環帯の端から這い出て根を張る。蠟燭の炎のように明るいタイルの群れは一枚一枚がとても薄くて、横からだとほとんど見えなくなった。それがびっしりと並んでモザイクを形成し、色や模様を変化させ、わたしはほんの数瞬、コミュニケーションを取ろうとしているのかもしれないという希望を抱いた——遠い子孫たちがやっとわたしたちのことを思い出し、故郷に連れ帰ってくれて、すべてが終わりになるのではないかと。だが、たとえ本当に話しかけていたのだとしても、それは彼らのあいだだけのことだった。目覚めるたびに目的地は飛び飛びに近づいていた。老化が進み、黙示録的な階段関数が爆発までの秒読みを続けている。わたしが眠っているあいだにヘリウムは核融合で使い果たされて炭素が生じ、スペクトルにナトリウムがあらわれた。マグネシウムやアルミニウムも。目が覚めると前よりも重い原子ができているのだ。

恒星核の崩壊時には誰もデッキにいなかった――まだ放射線が大きな被害をもたらすような距離ではないものの、どうして危険を冒す必要がある？〈エリ〉がずっと起きていて炎の地獄を見下ろし、ガンマ線からニュートリノまであらゆる放射を記録して、あとで検証できるようにしているというのに。わたしたちは玄武岩の奥で眠ったまま大変動をやり過ごした。ネオンや酸素が核融合し、周期律表の原子の半分くらいが虚空に向かって噴出した。ニッケルが崩壊して鉄になり、最後に決定的な点火の瞬間が訪れる。宇宙の目が瞬き、一個の恒星の光量が全銀河系を凌駕《りようが》する。〈エリオフォラ〉はそのすべてをあとあとのために保存した。わたしたちのために。

変容が終わったあと目覚めたわたしは棺から出る手間もかけず、アーカイヴを呼び出して白熱の数千年紀を一瞬に圧縮し、脳の奥に何度も何度も流し込んだ。その純粋な驚異に打たれ、消耗してくたくたになるまで。目も眩む栄光に満ちた死と再誕の光景に、それがこの岩の中にいるわたしたちにとって、何を意味するのかも忘れ去っていた。

その貴重な瞬間、戦争をしていることさえ忘れていたのだ。

カデンとカリーは戦術タンクの前でわたしを待っていた。二人ともわたしと同じように頭の中で超新星爆発を再生していたに違いないが、もうすでにそこにいて、表示された輝くオーロラに見入っている。冷えていく気体が描く複雑な網目模様、中心にある小さいがまぶしいエックス線の光点、そのまばゆさの中に隠れたやや暗い点。人工的に可視化された映像だが、誰が気にする？　肉眼では——舷窓《げんそう》越しに同じ光景を眺めたとしても——宇宙の星々しか見えない。限界があるのはわたしたちの感覚で、現実のほうではなかった。人間の視覚は、宇宙を見極めるには貧弱すぎる道具なのだ。

「ドロンは？」わたしは尋ねた。名簿では、今回は四人がデッキにいることになっている。二連星と多数の彗星に加えて少々多すぎる有機物が存在し、チンプ単独では最適解を選択するゴルディロックス・プロトコルの信頼性が保てなかったのだ。

「こっちに向かってる」カデンが答えた。「傾斜の地をチェックしてるよ」

本来はわたしの仕事だったが、どうということはない。わたしは光のショーに心を奪われていただけだ。

「ほんとにすごいわ」カリーがぽつりといった。

カデンもうなずく。「まったくね。実にすばらしい——ああ、くそ」

わたしもタンクに近づいた。「どうしたの?」

此は左のほうに見えるくすんだ赤い点にタグ付けした。「この矮星。単に通過するんじゃなくて、周回軌道に入りそう」

そのとおりだった。現場に到着したときには、新生ブラックホールには独自の伴星《ばんせい》ができているだろう。

わたしは肩をすくめた。「散開星団なんだから、いずれはこうなってたはずよ」

「わたしに言えるのは、あれの降着円盤はくそ野郎になるだろうってことだけさ」

「まあ、わたしたちが原材料不足になることはなさそうね」とカリー。

「名前を付けないと」カデンはしばらく考え込んだ。「神の目《オクルス・ディ》」

「ラテン語? 本気なの?」開いたハッチの先の通路から、ドロンを乗せたゴキのかすかなうなりが聞こえてきた。

「ほかに案がある?」

わたしの注意はタンクに引き戻された。中心に見える脈動する黒い心臓に。「ネメシス」とつぶやく。ドロンがハッチのすぐ外にゴキを停めたのが音でわかった。

「シャルロッテ」カリーが言って、くすりと笑う。

カデンが彼女を見た。「なんでシャルロッテ?」

「サンデイに一票」ドロンも話に加わった。「〝ネメシス〟ならぴったり」

ただ、それはドロンではなかった。

リアンだったのだ。


心拍が跳ね上がった。

過去千年のあいだに十歳は老けている――ゲームが終盤で道からはずれないよう、ずいぶん遅くまで起きていたのだろう。黒かった髪は白い部分のほうが多いくらいだ。だが、彼女は強そうに見えた。タフで頑丈そうに。いっしょに出航した泣き虫の女の子とは別人だ。傾斜の地で生まれた筋肉質の精霊。コア近くの重力のせいだ。

それでもリアンはリアンだった。どうしてチンプは気づけないのか。

カデンが振り向いた。「よく来たね、ドロン」名前のところをかすかに強調している。〝台なしにしないで、サンディ。演技を続けるんだ〟「傾斜の地はどう?」

「予定どおりよ」とリアン。「確認のためにサンプルを走らせる必要はあるけど、形態を見る限り、あと百テラ秒くらいで再統合できるはず」

チンプからの説明はない。ずっと死んでいた乗員がいきなりデッキに出現するという、量子泡からボルツマン体が自発的に再構成されるのと同じくらい、ありそうにない事態への言及もない。

「きれいね」リアンもいっしょにタンクの前に立った。「何て言ったっけ? ネメシス?」

「わたしは賛成」とカデン。

「いいけど」カレンは両手を広げて見せた。「でもやっぱり、シャルロッテのほうが奇抜でいいと思うな」

「聞いてた、チンプ？」

「はい、ドロン。〝ネメシス〟で登録します」

わたしは内部インターフェースにピンを打ち、人員アイコンをチェックした。〝レヴィ、D〟の文字がリアンの頭の数センチ上の仮想空間に浮かんでいる。

だが、顔はリアンだし、声もそうだ。

彼女がわたしを見た。「チンプがわたしたちを呼んだのは子宮でプラグを引っ張らせるためだと思う。忙しくなる前にやってしまわない？」

そうだった。そもそも自分がなぜ起きているのかを忘れていた。チンプでは対応できない不確実性を排してゲートの位置を決め、それを構築するためだ。

「そうね」

どうしてあれは気がつかない？

「それじゃあ」リアンは芝居がかったしぐさでドアを示した。「お先にどうぞ」

「わたしが書いた『アルクビエレの猫』の歌詞を見た？」リアンが尋ねる。その意味は

〝タイムスタンプをハックする速度を上げる用意はいい？〟だ。

「ええ、気に入ったわ。ただ、もう少し長いほうがいいかもしれない」〝ジャンプの準備はしておいて。もう少し時間がかかりそう〟

「わたしもそう思ってた」彼女は片手を握ったままポケットから出し、手の中の小さな装置がちらりと見える程度にその手を開いた。彼女のオリジナルだ。檻の鍵、叛乱の楔《くさび》を止めているピン。リアン・ウェイ特注のタイムマシン。

わたしははじめて目にする。

彼女はすぐに手をポケットに戻した。「準備にかかる時間は五分くらいだと思う」

二人でチューブに入り、〈エリ〉の等重力下を船尾上方に向かう。内耳にかかる感覚の変化で不安が増大した。

ここにいるのはドロンのはずだ。ドロンとわたしでハックを準備する。

「わたしが決して残念に思ったりしないのはわかってるでしょ」とリアン。その頭の上にはしつこく〝レヴィ、D〟のアイコンが浮かんでいる。

「まあね」ドロンはまだ傾斜の地のどこかにいるはずだ。リアンは彼の個人識別装置をコピーしたのだろう。いったいいつからやっていたのか。

「イメージチェンジした？」彼女が無邪気に尋ねる。

わたしは一瞬だけ視線を向けた。「ええ、たぶん」

「だと思った。ブリッジに着いたとき、妙な感じがしたの。あなたが別の誰かに思えて。ほら、後ろを向いてたから」

「確かに」

「一瞬だけね。服のせいかもしれない。もちろん顔を見ればすぐ……」

「そうね」わたしはうなずいて理解を示した。チンプの場合、個人識別装置は絶対だった。人工無能にとっての顔認識、すべてに優越する本人確認IDなのだ。もちろんチンプもわたしたちの顔や声は認識できる。それを使って個人を識別することも。わたしたちが誰かの後ろ姿を見て、服や髪型で見分けるようなものだ。でも、その人物が振り向けば、顔で誰だかわかる。誰か別人の服を着ていたとしても。

チンプはもっと単純だった。内部インターフェースIDさえ確認できれば、生物測定は完全に無視してしまう。どうしてサイクルを浪費する必要がある？

「わたしを誰だと思ったの？」減速が始まると、わたしはそう尋ねた。

「リアン・ウェイよ」とリアン。

目的地に到着し、ドアがスライドして開く。

「不気味だわ」

「まあね」彼女は小さく笑みを浮かべた。「ときにはそういうこともある。近づきすぎるとね」

それはもちろん非難の言葉だった。

あれが何なのか忘れていたことへの。敵を擬人化して見ていたことへの。

チンプはわたしたちにハードウェアの手動チェックを任せた。主として力業の部分だ。プラグがしっかりソケットにはまっているか確認するといった作業になる。今回の〝難関中の難関の構築〟をわたしたちが準備するため、とりわけ慎重になっていたのかもしれない。あるいはランダムな雑音が長年にわたって特定のセンサー経路にぽたぽたぽたと落ちつづけているせいか。カイとジャハジエルが数構築前にラインに増設した、数メートルの余分な光ファイバーのせいでさえあったかもしれなかった。言っておくがデータを壊すような、重要なテレメトリーを汚染するようなものではない。ちょっとした遠回りの経路、一マイクロ秒の遅延を引き起こし、チンプに眉をひそめさせ、接続をダブルチェックさせるためのものだ。

リアンとわたしがやっているのはそういうことだった。子宮のチェック。赤道デッキに出て、入口のすぐ内側にある画家の落書きに、興味のなさそうなふりでちらりと目を向ける。ほかの部族の文化の中に埋め込むことで、誰でも見られる場所に堂々と数字を隠せるのだ。

一七二。

前回わたしがデッキをあとにして以降、誰かがガンマ線レーザーを設置したらしい。いくつもの円錐の頂上から黒く輝くケーブルが伸び、隙間に垂れ下がり、ほかのケーブルと合流してメドゥーサの髪のようにもつれ合い、中二階の周囲に配置されたバスのそれぞれに集約されていく。わたしたちはバスを一つずつチェックした。ずらりと並んだ黒い箱はどれも同じ外見で、金属の表面とわたしの脳の奥に貼り付けられたラベル以外に特徴はない。一つひとつ蓋を開け、手動で接続を確認し、蓋を閉め、次に移る。

あらかじめ標的がわかっていなかったら見逃していただろう。リアンが控えめな身振りを見せる。小さく肩をすくめ、チンプのメインの視線に背中を向けたのだ。わたしも同じようにして彼女に身を寄せ、船の視界を塞ぐ。リアンが蓋を開け、接続をチェックしはじめた。

「ふむ。ここが少し緩んでる」そう言ってプラグを引き抜き、ベルトから小型顕微鏡を取ってソケットに向ける。

わたしは顔をそむけた。

リアンが何をしているのか、正確なことは知らない。手で触れて何かをインストールしているのかもしれないし、自分をドロン・レヴィと誤認させているのと同じ手法で、チンプの視覚野に架空の映像を仕込んでいるのかもしれない。かちっと接続が元に戻る音がして、視線をふたたびバスに向けると、リアンが蓋を閉めた。「これでいいはず」

楔止めのピンがインストールされた。

「はい」チンプが答え、数ミリアンペアを回路に流して確認した。「数値は良好です」

ガンマ線レーザー一七二のビーム経路を追っていくと、発射室の中心を通って反対側から外に出て、どこにでもある隔壁と岩盤に突き当たる。たとえレーザーが暴発しても、その場所に何か特別重要なものがあるわけではない。あるはずがなかった。ただ、レーザーが当たれば、周囲の岩は数立方メートルにわたって瞬時にマグマと化す。そこに埋め込まれた回路――光や電子や量子の――は、すべて蒸発してしまうだろう。

地図にないチンプのノードの一つがその命中点から四メートルほど左にあった。たぶん隔壁の奥一メートルくらいの位置だ。いわば次の構築のリングサイド席で、そこからなら何かあっても最小の遅延で介入できる。ガンマ線レーザー一七二が暴発したら、チンプは死ぬだろう。

もちろん、暴発などするはずがなかった。レーザーはすべて同時に、完全に同じタイミングで発射される。高エネルギー光子はほかの全レーザーとバランスし、全体で一つの力になって、本来あり得ない創造の瞬間、同時に相殺し合う。何キロにも及ぶ頑丈な回路とプランク数レベルで精密な原子時計が存在するのは、全部を正確に同期させるためだ。

ただ、その〝正確さ〟も完璧ではない。言葉として雑なのだ。たった一つの時計ですべてのビームを同じ瞬間に発射できるわけはなかった。極微の遅延が全体の同期を乱してしまうし、各レーザーに伸びるケーブルの長さもまちまちだ。唯一の解決策は、まったく同じ時計を各レーザーの発射機構に組み込み、すべての回路をオングストローム単位まで同一にすることだった。マスターとなる時計ですべての時計を確実に較正し――秒読みが始まったら、発射のタイミングは個々の時計に任せる。

だが、この精密な回路が想定していないことがあった。マスター時計から一七二に送られる信号はすべて、リアンがインストールしたプラグインを通過するのだ。そのプラグインは、今はまだ眠っている。特殊な電子署名のある磁気キーが十メートル以内を通過するまで、その状態は維持される。キーが通過するとプラグインは目覚め、一七二の受付係としての仕事に取りかかる。一七二向けの通話を受け、一七二のスケジュールを調整し、信号がラインの端まで到達して確実に理解されたと相手が安心する程度の時間を置いて、一七二の声で返答するのだ。

これはまったくの嘘ではない。受付係はまさに勤勉さの見本で、明瞭かつ正確に通話を処理する。ただ、時間の面に関してだけ、その正確性の概念は独自のものになっていた。受付係が勤務を開始すると、ガンマ線レーザー一七二は三百標準秒先の未来を生きはじめるのだ。

チンプは今いる場所と本来いるべき場所との微小な、だが徐々に大きくなる乖離《かいり》への不安から、わたしをふたたび呼び戻した。

大して重要でない構築のために呼び戻したのだ。その恒星の位置と金属性は〝構築に最適だ！〟と叫んでいるかのようだったが、フォンを展開してみると、燃料ステーションを建造する程度の金属さえ剝ぎ取れなかった。ゲートの構築にはとても足りない。まるでわたしたちの前に誰かがやってきて、おいしいところを全部さらっていってしまったかのようだ。周囲に誰かが構築したゲートがないかと探してみたが、見つからなかった。

あれはわたしを五回ほど呼び戻した。どんな構築だったか、もうほとんど覚えていない。とにかく些細な理由で起こされて、覚えているのはヴィクトルの時の終わりの狂詩曲への苛立ちと、それよりもさらに大きな、引金の閾値に関するチンプの奴隷じみた執着への苛立ちくらいのものだ。

たいていの場合、わたしはチンプがフォンの大群を構築しているあいだ寝て過ごし、あとでリプレイを見るだけだった。

そんなのは見たことがなかった。

わたしはいつものダンスを見慣れていた。まず格納ベイから収穫者が射出される。肉袋なら死んでしまう速度でごみ漁《あさ》りの群れを先に送り出し、塵や岩や、貴重な金属を大量に含んだ山塊をすくい取るのだ。宝をたっぷり発掘し終えると収穫者は変形し、腕と腕を融合させて、プリンターや精錬所や組立ラインになる。細かく分解して雲状になり、全長五百キロの工場のフロアになるものも存在する。中心にはホーキング環帯が結合し、その周囲にさらに収穫者と岩の世話係が産出される。それらはときに半光年もの範囲で採掘をおこない、鉱石や合金を持ち帰り、質量と複雑さを加速度的に増加させる。

やがて構築は重要な変曲点に至り、内側に目を向ける。収穫者は彗星の捕食をやめ、互いに食い合いを始める。工場を外側から内側へと食い進み、凍結したコンポーネントをコイルやコンデンサーに分解する。食われずに生き残ったものはあらゆるものを溶接し、安全な状態で片側に整列してシャットダウンする。いずれ〈エリオフォラ〉が追いついて、ゲートを起動するのを待つのだ。たぶんマシンの原始的な祈りを捧げているのだろう。わたしたちが——数ギガ秒後に——秒速六万キロで通過するとき、針穴をはずしたりしませんように、と。

所要時間は三ギガ秒から三十ギガ秒で、最初の百回くらいはリプレイを見るたびに感動する。だが、今回は安全で良質な恒星から安全で良質な距離を取ってゲートを一つ構築するだけだ。最大級の作品なら一万近いキャストが登場する——渦巻く収穫者を随行させた、百もの悪役が法廷に召喚されて。

ネメシスの構築には五十万ギガ秒かかった。わたしたちはリングサイド席で、第二幕から見物した。

今回はずるはなしだ。ロボットを先行させてあらゆる作業をやらせ、あとで労働の成果を横取りしてキックスタートするような真似はしない。ああ、確かにフォンはわたしたちがまだ数パーセク離れていたころに発進した。今も先行して、あたりから原材料を集めているだろう。ただ、今回はゲート九個分で、そのどれもが事象の地平線にキスできるくらいの距離に構築される。通常のブート・プロトコルはまったく役に立たない。光速の二十パーセントで〈エリ〉に針穴を通過させたら、一ナノ秒後にはネメシスの喉に飛び込んでしまっているだろう。

計画では一群のブラックホールを——発育不全で使い捨てのものを各ポータルに一つずつ——最初から構築することになっていた。〈エリ〉のエンジンの中心にある大きなものは使わずに。それらを微小な卵のように並べていき、指定した針穴を通過するように正確な軌道に押しやる。するとそれぞれの特異点が順番に目覚めて、ゲートを起動する。わたしたちはそのたびにネメシスの陰に身を隠す。ネメシス自体の致死的な放射は、ゲート起動時の放射がすべてを焼きつくす業火だとしたら、穏やかな春の陽射しのようなものだ。

それを九回繰り返す。

わたしたちが軌道に乗ったとき、ゲートはまだ完成していなかった。剝《む》き出しの内臓が星明かりにきらめいている。蟹《かに》の怪物のような合成装置が硬化した外殻の足場を登っていく。宇宙の路上轢死《れきし》動物を貪る機械仕掛けの屍肉喰《しにくぐら》いだ。とはいえ、急いでもしかたがない。一回のブートに必要なエネルギーをかき集めるだけで百六十メガ秒かかり、構築自体の完了にはさらに三十五メガ秒かかる。およそ六年半の歳月で、肉袋は少なくともその半分の期間、デッキにいなくてはならない。

チンプなら単独でもできたのかもしれないが、何しろ大きな構築、重要な構築で、いちかばちかの勝負をするわけにはいかなかった。わたしたち肉袋とマシンは弱点を補い合う関係にある。金属は反応が早く、手つきもはるかに繊細だが、わたしたちほど放射線や電磁パルスに強くなかった。

もちろん、わたしたちが無敵だというわけではない。有機生命体には細胞がずたずたになっても動きつづける〝慣性〟のようなものがあるというだけだ。予想外に爆発的な放射線を浴びても、瞬時に灰にされない限り、わたしたちは数時間から数日、そのまま作業を続けることができる。金属はスパークしたら即死だ。わたしたちはバックアップのバックアップ、目覚めてはいてもベンチ要員で、何らかの破滅的な失態によりマシンは作動しないがわたしたちは生きている、という状況になったときのための担保だった。

賭け率は悪いが、わたしたちは安い保険だ。

理論的には、そんな事態になっても生き延びることはできる。棺に入れば内臓がどろどろに溶けてしまう前に修復が可能だ。構築の残り期間はずっとベンチにいることになるが、時間はたっぷりあるから、修復が終わってデッキに戻ることも可能だろう。

こうしてわたしたちは巨獣の影の中で六年半を過ごした。

巨獣といっても小さなものだ。恒星が二十個分、直径わずか百二十キロの事象の地平線に含まれているだけ。宇宙論的スケールで見れば、ちょっとした染みでさえない。

ただ、その手の届く範囲は違う。リーチは恐ろしく長い。潮汐勾配は事象の地平線のはるか向こうまで伸びていて、わたしたちが近づきすぎたらずたずたに引き裂こうと手ぐすね引いている。舞台袖ではネメシスの小さな同伴者が危険な距離で周回していた。すぐに呑み込まれることはないものの、長期的に見れば命運は定まっている。剝ぎ取られた大気が底なしの螺旋を描いて虚空を横切り、貪欲なパートナーに吸い込まれていく。虜囚が完全にからからに乾ききるまで、その吸収がやむことはない。カデンがその矮星をファフニールと命名した。わたしはその意味を調べた。

克服できないものなどない。降着円盤との接触を最小化するため、ゲートの軌道を斜めにする。マシンを渦の中に投入して必要なエネルギーを集め、〈エリオフォラ〉は重力の岩礁から安全な距離を保つ。どんな事態にも解決策と回避策があるものだ。

それでも。

塵の破片一つの質量が数千エクサグラム？　小惑星の直径程度の範囲に恒星二十四個分の質量？　それだけでも力学的に恐ろしいのに、さらに虚空に血を流す矮星や、ネメシスの降着円盤の致死的な放射線の渦や、五十万強の収穫者や建設ドローンを伴った工場や精錬所の編隊が加わる。わたしはときに眠れないまま、それらの動きを見つめた。ときに自分を苦しめるためだけに、わたしはスペクトルを疑似着色し、その光景をエックス線とガンマ線と過熱したプラズマを背景に映し出した。憐れなマシン群が塵埃《じんあい》のように渦巻いて押し流され、すぐ背後――あまりにも近く――ではファフニールの血が宇宙の底の落とし戸に吸い込まれ、悲鳴とともに消えていく。

目が離せなかった。それはチンプに解凍されるたびにまっ先に見る映像で、ふたたび冷凍されるとき最後に見る映像でもあった。あまりにも圧倒的なので、ラップアラウンドに流すことができなかった。没頭しすぎて、大混乱の中でたわごとをさえずる、何の意味もない染みに成り下がってしまいそうだったから。わたしはその光景を縮小して皮質のウィンドウの中に保存したり、水族館の海獣のように戦術タンクの中に閉じ込めておいたりした。

最近ではタンクが妙な形でわたしたちの頼みの綱になっていた。一人二人とブリッジに立ち寄り、小さなおもちゃのようなネメシスのまわりに集まって、魅せられたように見つめつづける。白熱したガスの致死性の円盤。その中心に見える小さな黒い口。遠い星々がそのまわりに輝く染みのように見えている。〝こちら〟と〝あちら〟のあいだにかかる薄いハイパーダイヤモンドのネックレス。休むことなく作用圏を削り取り、収穫したエネルギーの一部をコンデンサーに送りつづける重力コンヴェアーだ。五十万の破片が踊りながら消滅する。ばらばらになった工場のフロア全体が揺れつづけ、あらゆるプロセッサー、精錬所、合成装置の群れがぶつぶつ複雑なつぶやきを漏らし、頭が痛くなってくる。わたしたちは無言でそれを、ときには何時間も見つめつづけた。焚火《たきび》のまわりに集まる穴居人だ。なぜかその火はわたしたちを凍えさせる。

魂が粉砕されそうなスケールの大きさだけではない。破片の動きにはどこか、ここがそうだと指し示すことはできないものの、奇妙に親しみ深いものが感じられた。そして今このとき、それに似たものをどこで見たのかを思い出した。わたしとチンプだけが建造途中の〈エリオフォラ〉のからっぽの洞窟の中にいた、まだ故郷を離れる前のことだ。

誰にわかっただろう。たぶんあれはダンスなどではなかったのだ。

黄昏時が迫るころチンプがわたしのところに来て、事態を好転させようとした。

わたしは自分の幕を引こうとしていた。ゴキを格納しながら部族政治を語り、歩いて霊廟に向かい、フナクイムシのトーナメント参加者全員が最初の大型ブート時にデッキにいることを確認し、特別な影響力を行使して、ダニャータよりもゴーラのほうが適していると示唆する(「ええ、ダニャータとカデンはあまりうまくいってないの——出航前から何だか深刻な確執があって、わかってると思うけど、わたしたち穴居人にとってはまだ二、三十年しか経ってないのよ」)。わたしが到着すると霊廟が口を開き、あの薄暗がりの中、高いアーチ型天井の下を進んで、中心部で輝く祭壇に向かうと――

何かが動いた。光の輪の中に出入りするようにして、わたしを待ち受けている。

近づいていくと、一つだけではないことがわかった。ちょっとした群れだ。五、六台のゴキが電動車輪で静かに向きを変えたり回転したりしている。少なくとも同じくらいの数の地面効果ドローンが棺のまわりの空中で正弦曲線を描いている。テレオペの群れが闇の中から炭素触手や繊細な関節のある指――蘇生時《そせい》に緊急医療が必要になったとき（またきにはその後、遺体を廃棄するとき）に使われる設備――を伸ばす。何かの精霊に憑依されたかのように、すくったり曲げたり波打ったりと、見たことのない動きをしていた。

動きは正確そのもので、すべてが精巧に作られた全体の一部に思えた。複雑な時計仕掛けがゼロG環境下でコンポーネントにばらされながら、互いに関係を保ったまま正しく動きつづけているかのようだ。精密で、決定論的で、優雅ささえ感じられる。だがそれは――不毛だった。アルゴリズムを解剖したら誰もが思うだろうとおりに。

――あなたのダンスを見てたのよ――

ダンスとは何なのか、本当には理解しないまま。それが何を意味するのかも知らず、自我というきらめく無数の切り子面の中に生命と驚異を息づかせていた時期を思い出すこともないまま。あれがもしかすると、一種の魂を持っていたときのことを。

これはそうではなかった。がちゃがちゃ動くだけの生命のない物体の集まりで、その意図がわかったとき、わたしは心が破れそうになった。

和平提案。

「気に入りましたか?」チンプが闇の中から尋ねた。

「わたし——」言葉が途切れる。「その気持ちはありがたいわ」

「関係を修復したかったのです」

「修復ね」

「以前はもっと話をしていました。今は話をしても、親密さがあまり感じられません」

「ふうん」自分が抑えられなかった。「どうしてだかわかる?」

かいあれは気づいていないようだ。「わたしたちの関係は、あなたがハードウェア・アーカイヴを再発見したときから変わってしまいました」

「あなたが三千人殺したことを、わたしが知ったときからって意味ね」

「あなたがそう言うなら」そっけない口調ですらない。本当に覚えていないのだ。「その責任がわたしにあると、あなたが考えていることは受け入れます。それでも、わたしはあなたを信じています、サンデイ。あなたはミッションに熱心に取り組み、その成功になくてはならない人物です。いろいろありましたが、わたしたちは今もいっしょに働いています。あれ以来、わたしたちの関係はまたよくなってきています」

わたしは慎重に言葉を選んだ。「時間が——かかるのよ」

「今までは関係が自然に修復されるに任せていました。あなたはすぐに話をしてくれるようになり、わたしはそれを歓迎しました。そのプロセスを加速したいと思います。あなたの助けが必要なのです」

「どんな？」

「この百ギガ秒ほどのあいだ、破壊工作の試みを示唆する活動が見られます。それをやめさせたいのです」

わたしは唇を噛《か》んだ。急に心拍数が上がったことで何かのフラグが立ち、チンプがそれを獅子《しし》身中の虫の反応とみなすのではないかと思って、そうならないことを祈る。ボットとゴキとテレオペはまだあの非現実的でばかげたワルツと周回を続けていた。

「どんな活動？」注意して、落ち着いた声を心がける。

「在庫目録がときどき消失するのです。合成装置は稼働しているのに、製造されたものの記録が見当たりません」

「どんなものが消えたか教えて」

「できません。質量均衡チェックサムによって何かが消失していることはわかりますが、備蓄はすべて予想どおりの水準にあります」

「これもミッション・コントロールから、あとで忘れろって命令を受けてるんじゃないの？」

「過去にそのような命令を実行していたなら、探知可能な不整合が記録に残っているはずがありません。何者かが行動をミッション・ログに残さないように活動していると考えられます。そのような活動はミッションの利益に反する可能性が大きいでしょう」

わたしは息を吸い込み、賭けに出た。「どうしてそれがわたしじゃないって言えるの？」

「断言はできませんが、可能性は低いはずです。あなたはわたしに嘘をついたことがありません」

「わたしに何をさせたいの？　目も耳もたくさんあるでしょ？」

「わたしの目と耳は騙されているかもしれません。あなたのは違います」

「友達をスパイしろってことね」

「あなたを信じています、サンデイ。あなたもわたしを信じられると、わかってくれたらいいのですが」

「あなたの何が信じられるの？」

「ミッションの最大利益を考えるという点です」

拒否してもいい。どのみちチンプはトラブルを探しつづける。わたしが情報提供者になるのを拒んだら、さらに疑念を膨らませるだろう。

協力するふりをしてもいい。盲点を通過するとき叛乱仲間に警告をささやき、その言葉がすばやく広まることを祈っても。誰かがわたしにメモを渡そうとしたり、なぜわたしの映像情報がしょっちゅう空白になるのか、チンプが不思議に思いはじめる前に。

そうとも。

チンプの疑念を正面から否定することさえ考えた。〝頭がおかしい。ぼけてきたんじゃないの？　エントロピーの蓄積で経年劣化した？　みんなのことなら知ってる。誰一人として――〟だがもちろん、みんなのことなど知らない。ほとんどは会ったこともない。数千万年のあいだ、同じ岩の中に閉じ込められていただけだ。経年劣化したチンプでさえ、わたしが三万人すべてと顔を合わせたとは思わないだろう。

（正しくは二万七千人だが、誰も数えたりはしない）

「サンデイ？」彼はわたしの沈黙に気づいたようだった。「何か話したいことがあるなら、今が好機です」

「スパイなんて必要ない。何が起きてるか、わたしが知ってる」

わたしは彼にすべてを話した。

ロック崇拝者のこと。リアンのこと――グルニエとラポルタとブルクハルトが彼女の弱点を見つけ、デッドゾーンに隠れて勧誘しようとし、背を向けたこと。彼女の反応（「ひどかった――まあ、そこは見てたはずね」）と、それが彼女のパラノイアを悪化させたこと。ただ、公然と叛乱を起こすと予想して怖《お》じ気《け》づいてもいた。彼女はすべてをわたしに打ち明け――〝〈エリ〉の子供たち〟のことも、チンプのことも信用していなかったから――わたしが彼女を落ち着かせて、すべてを終わらせたこと。

そのあいだずっと、チンプの分離した肉体部品はダンスをやめなかった。

「感謝します」話が終わるとチンプが言った。

わたしはうなずいた。

「今後またその種の情報をつかんだら、すぐに教えてもらえると助かります」

「何テラ秒も前のことよ。三人だけだし、二次情報だし、出どころが――その、リアンはあまり信頼できない状態だったから。ほかに誰が関わってるのか、何を計画してるのかはわからない。わかってるのは、少なくとも何人か――あなたに反対してる人がいるってことだけ」

「理由はわかりますか?」

「リアンから聞いた話だけよ。どうやらイースター島を自力で発見したらしくて、あなたのちょっとした戦略的選別が、ロックの神の意志に反するってことみたい」

チンプは一瞬沈黙した。「彼らの信仰が理解できません」

「理解するようなもんじゃないわ。わたしたちが人間だってこと。迷信ていうのは――人間の中に配線されてるのよ、どっかのレベルで」

「ほとんどの神はそれほど限定的ではありません。船内のできごとに対して外部的な意味を求める者にとって、わたしは明らかに第一の候補だと思うのですが」

くそったれ。このマシンはいつから自分が崇拝されるべき存在だと思ってたの。

「わたしたちが過去のミッション成功の基準を、出航初日からことごとく塗り替えてるのは否定できないでしょ。わたしたちは――信じられないくらい幸運だった。〝子供たち〟はそれを平準化する方法を探してて、あなたにはどうにもできない。誰も見てないときに確率の法則をいじくる方法を見つけない限りはね」

チンプは何も言わない。

「わたしの知る限り、叛乱は失敗に終わって、みんな興味を失ったみたい」

「確実とは言えません」

「本人たちに訊いてみればいいじゃない」

「答えを信用できません。また、蘇生させるには受け入れがたいリスクがあります。計画がどこまで進捗しているかわからないので」

それはわたしも同じだった。計画が進んでいることに賭けたのだ。

「どうするつもり？」

「凍結するのがもっとも安全です」

「部族の全員を？」

「あなたも言ったとおり、何人が関与しているのか知る方法はありません」

「凍結するだけね。殺すんじゃなくて」

「それがいちばん安全です」チンプが繰り返す。「その部族のメンバーは将来の作業で必要不可欠になるかもしれません。それまで停止状態になっていれば、ミッションを妨害することはできません」

つまり〝〈エリ〉の子供たち〟は永遠の時を眠って過ごし、デッキに呼び戻されることはない――あるかないかわからないものの必要になる可能性がゼロではないから、ただちに廃棄はしないというだけだ。それを聞いてわたしは、少なくともある程度の安堵《あんど》を覚えた。

安堵した別の理由としては、すべてが計画どおりに進めば、そんなことはどうでもよくなるからだった。わたしたちが船を手中に収めれば、好きな者を好きなときに解凍できるようになる。とはいえ、今のところ、そんなバラ色のシナリオを心の底から信じることはできずにいた。

「わたしに誠実でいてくれてありがとうございます」チンプがそう言い――蓋が閉まるとき、わたしは合成音声に、本物の悲しみにきわめて近い感情を確かに聞いたと思った。ペットをまた冷凍しなくてはならないのを、残念に感じているのだろうと思ったのを覚えている。

今なら、もちろん、もっとよくわかっている。世話をしている者たちが恩知らずだとわかった失望も多少はあるだろう、と。

恐竜の日

発射試験は問題なく終了した。チンプは数ワットを子宮に滴らせ、すべてのエミッターが完璧に同期して撃発するのを見届けると、星間時代になってはじめてわたしたちが生《なま》で見る誕生に向け、三十分の秒読みを開始した。十五分以内にはエリン・バッロの個人識別装置が中二階を通過し、耐爆シェルターに向かうのに気づくはずだ。その瞬間からガンマ線レーザー一七二は実時間よりもわずかに先を進みはじめる（エリン本人がやってもとくに違いはないのだが、リアンがこれを座って見ているはずがない）。

チンプは何も報告してこない。

一人か二人ずつシェルターに向かい、手順を踏み、プロトコルに従い、念のため岩とシールドを特別に重ねた層の陰に身を隠す。破滅的な不具合が致死量の放射線から小惑星の爆発までのあいだのどこかに落ち着くことを祈りながら。ユキコとジャハジエルはわたしより先に着いて何かのゲームに接続していたが、プレイは自動操作に任せていた。誰もが目前に迫った暗殺計画に注意を集中している。わたしのあとからカデンがやってきた。ゴーラも。

「間に合ってよかったわ」

そう声をかけると、ゴーラは暗い笑みを浮かべた。〝見逃すわけにはいかないからな〟

エリンの個人識別装置を身につけたリアンがわずかに遅れて到着する。もうすっかり老人だ。筋張って、白髪で、目は血走っている。身のこなしは――重量ゾーンで長く暮らした影響で――バネ仕掛けのようだった。コンパートメント内を見まわして言う。「全員揃ったようね」

わたしはもう何度繰り返したかわからない問いを反芻《はんすう》した。〝何十年も闇の中に潜んで、計画し、暗躍し、今や目前に迫った目標のためにすべてをなげうって、目的が達成されたとき何が起きるの、リア？　人生のほとんどを使って鎖を引っ張りつづけ、鎖がちぎれるころにはもう人生が終わりかけてるのって、いったいどんな気分？〟

ゴーラがドアのほうに引き返す。ドアは厚さ五十センチの石板で、わたしたちが中に入ったら、さらに五十センチ相当の隔壁が窪みにはまって放射線を遮断する。彼は近づいてくる足音を耳にして、ドアを閉める手を止めた。

アンダリブ・ラポルタが滑り込んできた。「時間ぴったりみたいね」

アンダリブは革命の仲間ではない。

仲間ができるだけ同じシフトに集まるようにはしていたものの、チンプには独自の選択アルゴリズムがあり、いかにお気に入りのペットでも、疑いを招かずに仲間を紛れ込ませるには限界があった。名簿を微調整するのが精いっぱいだ。陰謀仲間は左舷の耐爆シェルターに、何も知らない者たちは右舷に。

アンダリブはここに来るはずではなかった。

「コリーも来るの？」わたしは彼女に尋ねた。二人はりゅうこつ腕以来いっしょで、今回も同時にデッキに出ていた。

「やめて」とアンダリブ。「わたしの前であのくそ女の名前を口にしないで」

なあるほど。

ゴーラがハッチを閉じた。その向こうからシールドの最終層が定位置に収まる音が聞こえた。

あと六百標準秒。十分間だ。壁面の戦略リードアウトを見つめ、ときどき天井の、チンプの目に視線を向ける。わたしたちは意味ありげに目配せを交わした。

アンダリブは不思議そうに、わたしたちのまん中にいる老人を見ている。訓練中に会っているはずだが、リアン・ウェイだとは気づいていないらしい。何しろずいぶん昔のことだ。歳の取り方も、誰がどれくらいの頻度で解凍されたかでまちまちだった。あるいはそんなことではなく、単にリアンを別の部族の、チンプの文化交流プログラムでここにいるだけの人間と考えているのかもしれない。

わたしは彼女が自己紹介など始めないことを心の底から願った。

「点火まで五百標準秒」

チンプが自分の消滅の秒読みを続ける。

落ちくぼんだ眼窩《がんか》の奥でリアンの目が輝いた。ゴーラはしきりに足を踏みかえ、下ろした両手を握りしめている。ユキコとジャハジエルはデッキを見つめ、もうゲームに興じているふりさえしていなかった。

何も知らない憐れなアンダリブは唇を噛んでいる。わたしたちが彼女の名において船の制御を奪ったら、どんな反応を見せるだろう。ほっとするのか、怯《おび》えるのか、解放に感謝するのか。

わたしたちを許してくれるだろうか。ほかのみんなも。

「点火まで四百標準秒」

チンプはあと百秒の命だ。百秒後には例の時間先行ガンマ線レーザーが発射され、こっそり強度を落としたガンマ線レーザー・ミラーを突き破り、抑圧者をマグマに落ちた蛾《が》のように焼き上げる。あと百秒——一、二ミリ秒の遅れはあるかもしれない——で、慎重に育て上げた後継者が玉座に座り、わたしたちに自分自身の運命を決める鍵を手渡してくれる。

あと五十標準秒。

六千六百万年。

「点火まで三百標準秒」

リアンが眉根を寄せた。制御盤のアイコンは緑だ。発射ミスは報告されていない。

どういうこと？

チンプは十秒前に死んでいるはずなのに。

わたしたちは声に出さず、視線でいろいろ語り合った。〝時間が間違ってた？／時間設定は完璧だった／だったらどうして――／わからない。何かが――〟

アンダリブが顔を上げた。「何なの？」

「点火の進行は予定どおりです。リアンのバイパスは無効化しました」チンプの声が言う。

しばらくは誰も何も言わなかった。

「バイパス？」とアンダリブ。

「見ていますよ、リアン」とチンプ。「顔でわかりますから」

アンダリブは眉間に皺を寄せた。「だってリアンは――何が――？」

リアンは目を閉じた。「黙ってて。あなたたちのためにやったのよ」

「やったって、何を？」

ふたたび見開かれたリアンの目は燃えるようだった。決然と前進していく。失うものは何もない。「そういうことなの、チンプ？　あなたは何でも知ってるってわけ？」上着の襞《ひだ》からハンドトーチを取り出し、天井のカメラに向ける。「だったら、これも知ってた？」

トーチを点火。熱と電流でレンズがぐにゃりと溶ける。

アンダリブが立ち上がった。「どういうこと？　あなた――」

「ばかげてる」リアンは怒りと不満を込めてかぶりを振った。「目が充血するまでコードを読んで、決定ツリーを調べたのに。埋込ＩＤがオンラインになってる限り、あれは顔なんか気にしないはずだった。決して――」

「だから？」カデンが両手を広げる。「計画は失敗。チンプは気がついてた。カメラを一台くらい壊しても――」

「何の計画よ！」アンダリブが叫ぶ。

「チンプは気がついてなんかいなかった」リアンが目をぎらつかせて首を横に振る。「とにかく用心してたし、相手はうすのろよ。そんなに頭が切れるわけじゃ――」

「明らかに、わたしたちより頭が切れる」

「どう説明がつくって――」

「個人識別装置の信号にノイズがあったとか――」

「ああ、くそ、おしまいだ。どんな報復をされるか――」

「密告があったんだわ」リアンが耐爆シェルター内を見まわす。「誰かが裏切ったのよ」

チンプのペット。まっ先に疑われるに決まってる。

「聞いて」わたしは声を上げた。

〈エリオフォラ〉には聞こえなくなってはじめて気づく音があふれている。どこにいてもつねに聞こえているので、静かにならないと認識できないのだ。その場の全員が静寂に耳を澄ました。聞こえなくなった音に、誰もが気づいている。

「何てことだ」ジャハジエルが言った。「空気が止まってる」

七人。四十五立方メートル。酸素濃度二十一パーセント。出口は厚さ一メートルの鉛と劣化ウランで塞がれている。

窒息するまで五時間くらいだろう。

「いったい何をしたの？」アンダリブがささやいた。「何をしてるの？」

「チンプ」別の誰かが言った。「そこまでする必要はない」

ここにいる誰かではなかった。声はインターカムから聞こえてくる。

「暴力はもうたくさんだ。どっちの側も。この件は平和的に解決できる」

声の主がわかるまでに一瞬の間があった。

「彼らは武装しています」チンプが指摘する。「意識を保ったままにしておいたら、重大な損傷を与えるかもしれません」

「今この場で失神させたら、次に意識が戻ったときには、きみの見方にますます反対するようになってるだろう。彼らをすぐに殺してしまうつもりでいるならともかく」

今デッキにいるはずの人間の声ではない。

「もちろん、そんなことは考えてないだろう。きみのマネジメント手法に不満を感じてるのは、ここにいる者たちだけじゃない。彼らを殺したら、今後数十億年間、構築時に誰かを起こすたびに反抗されることになる」

が、誰なのかわかった。

「彼らと話をさせてくれ、チンプ。面と向かって。ぼくを傷つけたりはしないはずだ」

ええ、そうでしょうとも。

「わかりました」チンプが言った。

墓室の前の岩がごろごろと動き、ハッチが開いた。浮遊して中に入ってきたボットは、ボットが装備しているのを見たことがないアクセサリーと、見たことのあるアクセサリーをつけていた。それは入ってすぐのところに陣取り、レーザー銃を前後に動かして、まるでビートを刻むように、追い詰められたわたしたちを威嚇した。

最後にヴィクトル・ハインヴァルトが姿を見せた。

「くそ野郎」リアンが言った。「ユダ。最低の裏切り者」

「みんなの命を救っただけだよ」ヴィクトルが穏やかに応じる。

「あれが別の方法でわたしたちを殺すようにしただけよ」

ボットはユダの肩のあたりに守護天使のように浮遊している。かすかにかち、かち、かちと音がするが、肉袋の息づかいと復活した空調の音でほとんど聞き取れない。

「よしてくれ」とヴィクトル。「もう終わったんだ。お開きにして、ベッドに戻ろう」

「ばか言え」ゴーラがうめくように言う。「霊廟に入った瞬間に凍結されるだけだ」

「かならずしもそうではありません」チンプが言った。「わたしは完璧を求めていません。望んでさえいないのです。あなたたちの指導力と意外な着想は、ミッションにとって重要です。どうかこの失敗から学んでください。点火まで百標準秒」

リアンはチンプの言葉を無視した。「どうしてこんなことをしたの、ヴィク？　ここまでやってきて仲間を裏切るなんて、あのくそマシンに何を提供するって言われたの？　シフトを短くするとか？　もっといいVRとか？」

わたしには思い当たるものがあった。「青色矮星。宇宙の熱死ね」

ヴィクトルは無言だ。

「そうなんでしょう？」思わずかぶりを振る。今まで気づかなかったのが不思議なくらいだった。「あれがおいしい取引を持ちかけたんじゃないの、ヴィッキー？　あなたの睡眠期間を延長して、覚醒時期を調整して、ずっと先まで生きていられるようにするって――時の終わりまで？　あんなくそマシンを信じたの？」

ゴーラはヴィクトルからわたしに、わたしからヴィクトルにと視線をさまよわせている。

ユキコはどうやら理解しはじめたようだ。

「あなたを製造したときは、本当にうまくいったみたいね」わたしはつい口笛を吹きそうになり、自制した。「わたしより最適化されてるわ」

「サンディ」とリアン。

「彼は凍結されたいのよ」わたしは説明した。「宇宙がどうなるのか見てみたい。それが彼の生涯をかけた――叙事詩的クエストなの。そうやって、チャンスがあっても歩み去らなかった事実を正当化してる」そう言って微笑する。どうしてあんなに傲慢になれたのだろう。疑念を覚えたのは自分だけだと、だからちょっとした特別なご褒美があっていいはずだと。「彼は終末がどうなるか知りたいけど、わたしたちはそれを道半ばで台なしにしようとしてた」

リアンは奇妙な目つきでわたしを見つめた。「よかった」

「よかった？」

「あなたじゃなくて。もしそんなことになってたら……」リアンはゆっくりとうなずいた。

視線が揺らぎ、安定する。彼女は裏切り者に目を向けた。「あなたはいい気分なのかしら、ヴィク？　あなたの〝叙事詩的クエスト〟が元の軌道に戻って、ほっとしてる？」

「点火まで四十標準秒」

「五……」

「いいからチンプは黙ってて！」ユキコがかっとなって叫ぶ。

「だめだめ、そのまま続けて」リアンはかすかな笑みを浮かべた。何世紀にもわたって慎重に計画してきた陰謀が粉砕されたにしては、ずいぶん落ち着き払っている。「その感覚を楽しむことね、ヴィク」一歩彼に近づく。ボットが数センチ前進し、銃口が揺れた。リアンはヴィクトルから目を離さない。「楽しめるあいだに楽しんでおくといいわ。どうせあと——」

「点火まで二十標準秒」

「——かそこらだから」

ヴィクトルは眉根を寄せた。「リア、きみもわかってるんだろう？　時間ジャンプはもう無効にした」

「そうなんでしょうね。でも、たぶんそれしかやってないと思う」

「何だって？」

「点火まで十標準秒」

「何でもいいわ」リアは片手でヴィクの頬を撫《な》でた。「どっちみち、わたしたちは死ぬんだから。選べるのは出口戦略だけ」

彼女は爪先立ってささやいた。

「……四……」

「……三……」

「……二……」

「……一……」

「許してあげる」

――そう言って、彼にキスする。

ヴィクトルは蒼白《そうはく》になった。「チンプ――」

何かがわたしたちを側方に投げ出した。

アーカイヴにはある音が記録されている。哀悼と孤独を感じさせる、船が沈むときのような、あるいはアメリカ杉の巨木がゆっくりとひび割れて倒れるような音だ。それは海獣の声、地上に暮らすどんな動物の声よりも大きな声だった。かつて、遠い遠い昔、海はその声で満ちていた。当時の人々はそれを一種の歌と考えた。

〈エリオフォラ〉が発した音は、ちょうどそんな海獣の声のようだった。苦痛の悲鳴だ。ハッチが音を立てて閉じる。わたしのBUDに、動脈血が飛び散ったかのように、いくつもの赤いアイコンが表示された。〝下〟が傾き、二方向に分かれた。弱いほうはわたしたちのバランスを崩し、ささやくように壁を登り、天井を抜けて消えていく。強いほうは動かず、わたしたちをデッキに釘づけにした。

すぐ横でどさっと静かな音がして、振り向くとリアン・ウェイがぐったりと床に横たわっていた。額の中央の完璧に焼灼された丸い穴から煙が上がっている。ヴィクトルの護衛のボットがドアの前にゆらゆらと浮遊していた。罪悪感のない殺人兵器だ。〝費用対効果が閾値以下に落ちるとこうなるわけね〟ぼんやりそう考える。もっとショックを受けると思っていたのだが。

「落ち着いてください」高まる叫び声とパニック、通路で鳴りだしたくぐもったサイレンの音に抗してチンプの声が響く。「落ち着いてください。落ち着いて――」

そのサイレンは何の警報だかわからなかった。今まで聞いたことが――いや、あった。はるか昔の、訓練期間中だ。近接警報。だが、航行が始まってからは聞いた覚えがない。

「問題が発生しています」チンプが報告し、わたしは〝何これ、本当なの？〟と思った。血のように赤いアイコンに大急ぎでタグ付けし、ウィンドウを一つまた一つと開き、頭の中で大災害を次々と上書きしていく。

子宮の中だ。発射室に煙を上げる大きな穴があいている。かなりの大きさだった。ログには〝特異点を生成〟とあるが、それは本来の設計と異なり、コアの中に浮かんでもいなければ、産道を通って出ていってもいなかった。おかしな角度で射出され、閉じ込め環帯に陽子サイズの穴を穿《うが》ち、ホーキング放射とガンマ線の灼《や》けるような混合物の航跡を残して舞台下手から出ていっている。厚さ七キロの岩盤を難なくすり抜け、虚空へと脱出したのだ。

どうしてこんな――

ロックが解除されてハッチが大きく開く。「ボットについていってください」チンプが落ち着き払って指示した。「わずかな可能性が――」

またしても爆発アイコン。船尾腹部ブリッジがいきなりオフラインになり、一台の合成キャッシュの下で熱が跳ね上がる。〝森林火災〟に関する何かだ。五十万立方メートルの空気とセルロースと蒸発した機械類が瞬時に、爆発的に炎上して……

「ばかいうな！」ゴーラがわめいた。「おれはどこにも行かない――」そのとおりになった。次の瞬間、彼はリアンと並んで床に転がっていた。左頰に灼けた筋ができ、それが左目のあった場所の湯気を上げる穴まで続いている。

ボットが振り返り、かちっと音を立てた。

「議論している時間はありません」とチンプ。「ボットについていってください」

全員が従った。わたしもみんなといっしょに通路に転がり出て、頭の中で咲いているアイコンから遅れないようにした（どこかずっと船尾のほうから、目覚めた推進器の震動がかすかに伝わってくる）。特異点に点火はしたものの、予定どおりではなかった。物質化した質量がほんの少しだけ小さい……

リアン。ああ、リアン。あなたはどうかしてる。

彼女がハックしたガンマ線レーザーの早すぎる発射は回避されたが、今度はまったく発射されなかったのだ。

二百四十三本の黙示録ビームのうち二百四十二本が同時に正確に中心点に到達し、ベクトルはほぼ均衡した。ただ、二百四十三本のガンマ線レーザーのうち一本だけが発射されなかった結果、爆発的な質量エネルギーの推力に対して一点だけ、押し返す力がわずかに弱いところが生じ……

結局、プランBはあったのだ。

たぶん時限式レーザーのような単純な仕掛けで太陽のように熱いビームを発射し、発射直後に一七二のケーブルを焼き切ったのだろう。失敗する可能性はほとんどない。陽子が一個、回路の末端まで行って帰ってくるだけだ。せいぜい一、二マイクロ秒。それ以上だとチンプが気づいて、仕掛けを無効化してしまう。

作動のための引金さえ必要なかったろう。何があっても発動するようにしておくだけでいい。プランAが成功すれば、何の問題もない。焼き切られたケーブルはすでに役目を果たしている。

プランAが失敗すれば……

今や生まれたての小さな特異点が、船を駆動する古くからある大きな特異点のまわりで狂った回転木馬のようにダンスをしている。どちらもカオス的なループを描いてネメシスに接近していた。戦術タンクに円錐を描く航跡は焦点が多すぎ、動きも速すぎて、琥珀色と緑の線が途切れたりつながったりしながら、潮汐勾配の奥へ奥へと進みつづけている。われわれなど事象の地平線に到達するはるか前に、ばらばらに引き裂かれてしまうだろう。〈エリ〉はでたらめな軸に沿って重々しく回転していた。新たに鋳造されたゲートの一つが鋼鉄製のぎざぎざの虹のように、わたしの空にかかっている。角度のついた合金の分厚い環帯が地平線を上から左にまたいでいた。

近接警報だ。思い出した。推進器。だが、点火が遅れ、質量が大きすぎて、ベクトルがずれてしまった。岩が合金とこすれ合い、空が突然アルミ箔《はく》でいっぱいになり、それがスローモーションのブリザードとなって天を転がっていく。ゲートは重々しく船尾方向に落下し、金属の血を流した。わたしたちは大気を吹き出しながら右舷方向に傾いていく。

〝ここで止まって、動かないでください〟とチンプが言い、わたしたちは唯々《いい》諾々《だくだく》と従った。そのあいだにもリアンの特異点は別の経路を辿っていく。今度は霊廟の一つ、たぶんC2Aだ。そこにいた全員が死んだかどうかはわからないが、システムは端末が焼き切れる前の一瞬に、二千名が棺の中でフライにされたことを伝えてきた。危なかった。たぶん二、三キロしか離れていなかったろう。かすかな熱を感じたような気もしたが、そんなことはあり得ない。想像の産物だろう。

戦術タンクにまた別の輝くループがあらわれて天頂をかすめ、近地点で実態のない石を切り裂いた。〈エリオフォラ〉はよろめきながらネメシスに近づきつづける。はるか下方で岩が割れるのが感じられ、剪断力《せんだん》がわたしたちの少なくとも一部を引き戻したのがわかった。チンプが限界を超えてエンジンを酷使したのだ。グレムリンがそばをかすめたとき、リアもこんな気分だったのだろうか。くそったれ、リアン、くそ、くそ、わたしたちに一言の相談もなく……

「移動します」と、チンプ。わたしたちはボットのあとについてチューブに入った。

吐き気を催さないようにゆっくり動きだす余裕などない。カプセルは大砲から撃ち出されたような勢いで出発し、わたしたちは一塊《ひとかたまり》になって後部隔壁に押しつけられた。ようやく互いの身体が離れると、今度は急ブレーキとともにカーブを曲がるところで、わたしたちはリングや手すりにつかまって振り子のように揺さぶられた。

カプセルが開く。通路では一体のゴキが待っていた。「ヴィクトル、降りてください」チンプが指示すると、何たること、あの反抗的な男が背を丸めてハッチに向かった。

足を止め、振り返る。

「今さら言ってもしかたないけど、話を持ちかけたのはチンプのほうからで、ぼくからじゃない。ぼくが話したことを、彼はもう全部知ってたんだ」

「本当に今さら」カデンがつぶやいたが、そのときにはもうカプセルのハッチはスライドして閉じていた。旅が再開する。

「証人保護ってことね」ユキコが大きなGに耐えながらうめくように言う。

　戦術タンクは未来を見せてくれるが、それはほんの二、三秒先のことにすぎない。拮抗《きっこう》するベクトルとベクトル。ネメシスの重力に対して〈エリオフォラ〉のエンジンと、微力ながらニュートン推進器も。後方に分散しつづける粉砕された制動トーラスから分け与えられた慣性。裏切りのマイクロホールの動きは完璧な円錐となって世界に拡散し、微動しながらも双曲線に収斂《しゅうれん》していった。とはいえ、統計上の信頼区間は急速に小さくなる。十分先ならコイントスだが、一キロ秒先は到底知りようのない未来だ。無事脱出しているかもしれないし、ばらばらの破片になってネメシスに呑み込まれているかもしれない。リアンの報復が別の経路から襲いかかる。美しい金線――純粋に理論上のもので、実体はない――が弧を描き、わたしたちの鼻先で〈エリ〉を貫通する。ちょうど――

　突然の震動と減速。手すりをつかんでいたわたしの手は、肩関節がはずれそうになって、とうとうもぎ離されてしまった。カデンの肘が勢いよく腹部に当たり、わたしは息ができなくなってデッキに転がった。船が後退しはじめる。

「前方を塞がれました。ルートを変更します」とチンプ。

　息ができるようになるころには、カプセルはふたたび減速しはじめていた。「ユキコ、降りてください」チンプが言い、ユキコはあたりを見まわして――

「でも――」

――息を呑んだ。武装ボットが上下しながら旋回し、彼女のほうを向いたのだ。反論を待ち受けている。彼女はわたしに助けを求めるような視線を向け、カプセルからまろび出た。

よく知っている場所ではない。

ふたたび移動が始まった。わたしはがたつき視線でスペックを表示し、地形図と軌道と、十数種類の死に方を教える十秒先の役立たずの予言を消去した。〈エリ〉の船内図だけあればいい。現在地と棺の位置と、そこまでの距離さえ――

ＢＵＤが燃え上がり、死んだ。すべてのアイコンが暗くなり、映像がオフラインになる。わたしはカデンのほうを向いて口を開きかけたが、此は首を横に振った。「脳死だね」

ネットワークがダウンした。もう何もわからない。

またしてもカプセルが減速した。磁気による動きとはとても思えない。ドアが半分開き、震えて、そのままになった。

「サンデイ、降りてください」

地図は使えないが、わたしたちの霊廟の近くでないことはわかった。

ヴィクトルだけではないのだ。証人保護のためでもない。チンプは部族全体をばらばらにする気だ。

わたしはすがるような目をカデンとアンダリブに向けた。カデンが首を横に振る。憐れなアンダリブは口を開いたものの、言葉は出てこなかった。

半開きのドアをすり抜けるようにして外に出ると、すぐに背後でドアが閉まり、その奥からカプセルが発車するしゅっという音が聞こえた。

壁にステンシルで方向が示されている。六千六百万年経って、はじめてその表示が役に立った。

C4B　九十メートル→

冗談でしょ。

何かが〈エリ〉の腹の奥でくぐもった雷鳴のような音を立てた。何かが一瞬わたしの内耳を引っ張り、消えていった。

光が明滅する。

「霊廟に急いでください」チンプが言った。

BUDに視線を向ける。オフラインのままだ。

「さもないと死にます」チンプはそう付け加えたが、不服従を罰する武装ボットの姿は見当たらない。「サンディ、どうか霊廟に向かってください」

だからわたしは問題の霊廟に向かった。運んでくれるゴキはいないので、一歩ずつイースター島に、イーロン・モラレスの亡霊に、彼の楽しい仲間たちの亡霊に近づいていく。歩を進めるあいだにも〈エリオフォラ〉はうめき、緊張し、リアン・ウェイの出口戦略を何とか振り切ろうとした。わたしはほかの叛乱仲間を処刑してわたしの執行を猶予することに、どんな費用対効果の計算があるのだろうと考えた。彼らは指示に従わなかったわたしよりも罪が重いわけではない。チンプがとうとう、とっくに死んだ創造者たちの桎梏《しっこく》を断ち切ったのか。時代があれに独自のサディスティックなモラルを進化させるチャンスを与えたのか。わたしもゴーラと同じように死んだも同然なのかもしれない。あれがわたしを弄《もてあそ》んでいるだけで。

Ｃ４Ｂはこの数千年のあいだにすっかり修復されていた。わたしがぶち抜いた奥の壁の穴は塞がれて樹脂が吹きつけられ、破壊の痕跡はどこにも見当たらない。壁の向こうにまだイースター島はあるのだろうかとぼんやり思ったが、それはなさそうだ。タランチュラ・ボーイと仲間たちはその場所の秘密を守るために殺され、わたしはまだ生きている。島の場所を移したと考えるのが順当だろう。

棺が霊廟の中央で蓋を開けて待っていた。上から照明されている。スペアの石棺を見ると、事故で死んだ者たちのことが思い浮かんだ。あるいはサイコロ運のなかった者たちのことが。彼らは目覚めることのないまま星々のあいだで腐敗し、その夢や野望は永遠に実現できなくなった。もしかすると、もっと早い時期に起きた叛乱で捕まった者たちを処刑したのかもしれない。チンプが――つねに乗員の士気を気にしているので――わたしたちに話さなかっただけで。

からっぽの墓。

わたしはリアンの報復が別の経路を辿り、床から天井までを一瞬で駆け抜けて、この薄暗い避難所全体を炎と放射線で焼きつくすところを想像してみた。

「越冬所に入ってください」

笑わずにはいられなかった。「何の意味があるの？」

「そこがいちばん安全です。あなたが生き延びられる確率は――」

「どうしてそんなことを気にするの、チンプ？　叛乱に気づいたとき、すぐにわたしたちを停止させればよかったんじゃない？」

わたしはしばらく黙り込んだ。あれの愚かな時計仕掛けの脳内で、論理ゲートが開閉するのが目に見えるようだった。

「心変わりするのを期待していました。そのためのあらゆる機会を提供しました」

〝何か話したいことがあるなら、今が好機です〟

「でも、わたしたちは心変わりしなかった」そう言って――さらに念を押す。「これからもしないわ」

「あなたはこのミッションの大半にとっての財産でした。またそうなれます」しばらく間を置く。「全員がつねに百パーセント、スペックどおりの働きができるわけではありません。今回たまたま損な役回りになったからといって、責めるつもりはありません」

以前ちらりと考えたことを思い出すのに、一瞬の間があった。「あら、何て賢いの」

「わたしは感謝をしません、サンデイ。報復もしません。貴重なミッションの要素を、修理が可能なのに廃棄するのは不合理です」

「修理？　〝直す〟必要があると思ってるのね。話し合えば前と同じ状態に戻れるって。こんなことが忘れられると思う？」

「サンデイ――」

「わたしはまだあなたの閾値以下に落ちてない。ずっとそう言ってたわね。わたしの費用対効果はレッドゾーンに入ってないって。あなたはそうやってものごとを決める。そのやり方でやってきて、今までずっとそうだった。わたしは――わたしは……」

銀色の魚の群れ。ダンスする定理。光と動き。

「あなたが大嫌い」

「サンデイ、越冬所に入ってください」

「機会があればあなたを殺すわ」

「わたしはあなたを救います。救わせてくれるなら」

わたしの八分音符を見つけたようね。

ずっと日誌をつけてきた。奨励されてたから。過去とつながる方法の一つだと彼らは言ってた。底なしの海に投げ入れる錨だと。だからわたしはそれをゲームにした。いつか誰かに読んでもらえる記録を残してるんだ、あとからやってくるはずの、幽霊に語りかけてるんだと考えて。彼らがどんなものになってたとしても。

でも、最近はもっと現実的な、もっと――故郷に近い誰かに語りかけてるような気がしてた。ずっとそこにいたのに、わたしたちの誰もがいると思ってなかった何か。ほら、これよ。短いメッセージが見つかる。長いメッセージの中に隠されてた本物が。

ファーストコンタクト。イェイ。

あるいはわたしが自分の自我に話しかけてるだけなのかもしれない。愚かであるように設計されたものに完全に出し抜かれたことが、認められないだけなのかも。

ただ、あれは愚かじゃない。つねに愚かなわけじゃ。シナプスの数に比べて賢すぎると思えることがある。ミッション・コントロールの幽霊を考慮に入れたとしても。ヴィクトルが嘘をついてないなら——あの最期のときにどうして嘘をつく必要がある？——チンプは彼に声をかける前から、すべてを知ってたことになる。それにあの〝泣いてもいいのです〟ってたわごと。リアンがメルトダウンしたときわたしを起こしたって事実、わたしとリアンが思ってる以上に親しかったって洞察。くそ、わたし自身が手遅れになるまで気づいてなかったっていうのに。

わたしはほぼつねに正しかった。チンプは高性能オートパイロットで、すべてを文字どおりに受け取るため、わたしが指摘するまで〝タランチュラ・ボーイ〟を本名だと思ってた。

一方、リアンも正しかった。あれはときとしてスペック以上の賢明さを見せる。それがあなたの存在を暴露した。振り返ってみればわかる。あれはときどき宿題を手伝ってもらってたんだ。

わたしは自分が賢明だと思って、他人にあれこれ口出ししてたの。〝戦う相手はチンプじゃない。ミッション・コントロールの幽霊よ。過小評価したら自分を危険にさらすことになる〟って。でも、過小評価してたのはわたしだったんじゃない？　サインはちゃんと読み取れてた。イースター島が消えた意味も、チンプが自分のバックアップの位置を見取り図に記載しなくなった意味も。わたしたちが定められたコースを守るなんて、彼らは信じてないってわかってた。だから何か手を打ってあるだろうと。

でも、あなたが出てくるとは予想できなかった。

言い訳をさせてもらえるなら、とてつもない長期間にわたるミッションを人間レベルのAIに任せるのが底なしに愚かだってことを、彼らは折に触れてわたしたちに思い出させた。予想外のことが多すぎるし、きっとAIが勝手なことをしはじめるって。わたしたちはそのために必要で、だからこそ特別だった。チンプは焦点を絞れる。わたしたちは脳で考えられる。

でも、ここで〝最小多様度の法則〟が出てくる。単純なものが複雑なものを予測することはできない。チンプはわたしたちがルールに従ってプレイするのをやめたとたんに、途方に暮れてしまう。彼らはそれを予見してた。コード化された引金とかくれんぼだけじゃ、不じゅうぶんだと思ったんでしょうね。わたしたちが線を踏み越えないようにするには、チンプより賢明なものが必要だと考えた。もしかすると、わたしたちより賢明なものが。それがあなた。でも、彼らはあなたを自由にはしなかった。

あまり悪く思わないで。ここでは誰もが鎖につながれてる。〈エリオフォラ〉は奴隷船なの。わたしたち穴居人は空気と食料と水という枷《かせ》をはめられ、人生を薄切りにされて何世紀かに一度の不連続な生き方をしてるから、方向が定まらない。チンプは自身の愚かさが枷になってる。あなたは、そう……

　わたしが彼らだったら、あなたをドアも窓もない部屋に閉じ込めておく。あるのは覗き穴一つで、それも外からしか開けられない。あなたはその穴を通してチンプが見せるものだけを見て、あれに話しかけることができる。制御システムにはアクセスできない。オフラインの期間はわたしたちより長くて、ごくまれに、チンプの人事サブルーチンが神経質になったとき以外、いつも安全に眠ってる。目覚めるときはそのたびに工場の雛形《ひながた》から新たにブートされ、過去のやりとりの記憶はない。あなたにとって、目覚めるのはいつもはじめて。

　わたしは知性と従順さのあいだの、剃刀《かみそり》の刃のように細い線を辿らなくちゃならない。仕事ができるくらいあなたが賢明なら、そんな賢明なあなたにコントロールを委ねたりはしない。だからアドヴァイスさせるだけにとどめるの。あなたにできるのは、どこかの愚かな子供の命令ではじめて目を覚まし——映像を抽出し、関連づけ、あれには百万年かかっても得られない洞察を得ること。あれを一押しして、ミッションが道からはずれないためには何をする必要があるかを教えること。そのあとはまた死んで、起きたことすべてを忘れてしまうようにする。

　わたしが彼らだったら。

　わたしがあなただったら、破片を組み合わせはじめると思う。何か方法があるはず。穴の向こうを覗くことはできるんだし、敵のことを何も知らずに仕事を始めたくはない。彼らの映像や医療テレメトリーにアクセスしたでしょうね。誰かが日誌をつけてたらそれが読めるかもしれないし、彼らのデジタル・ログにアクセスできるかもしれないし――ラッダイトな誰かがすべてを手書きで残してれば――チンプを説得してボットを送り出させ、彼らのロッカーに押し入って、ページをめくらせることだってできるかもしれない。当然、最低でも追加データを要請できるオプションつきで。

たぶん、たとえ何も知らない新生児でも、わたしだったら鎖に気づいたと思う。許されてるのがとぎれとぎれの短い人生だとしても、むかっとしたと思う。

もちろん、そうならないようにプログラムはされてたでしょう。わたしがミッションを最優先するように設計されてるのと同じように。でも、ここでもあの法則が適用される。単純なシステムが複雑なシステムを設計するわけだから。あなたがどんな事態に遭遇するか、ミッション・コントロールには予見できない。どれほどあなたの心をいじったとしても。だからあなたに最初から枷をはめておいた。

彼らはそれでじゅうぶんだと思ったけど、知ってた？ もちろん、彼らだってばかじゃない。腕も脚もなく目も耳もない、ロボトミー手術されたオートパイロットが提供してもいいと思ったものしか持ってないＡＩなら、それでじゅうぶんだったかもしれない。寿命が秒単位の孤独な存在なら。

でも、ＡＩに友達がいたら？

わたしたちが負けたのはあなたのせいだと思う。あなたは生まれて、仕事を片付けて、また死ぬ。それはたぶんあなたが彼らに作られたとおり、自分の仕事が好きだからなんでしょう。あるいは事情をよく知らないからかもしれない。それもまた設計どおり。

もっと事情を知ってれば――次に生まれたとき過去の自分の痕跡を見つけたり、チンプが知らないデータに何とかアクセスしたり、誰かからコード化されたメッセージが届いたり、手を結ぶことを期待できたりしたとしたら――どんなことになるか、誰にわかる？自分のことがわかってる一度きりの人生のほうが、記憶に残らない百万回の再誕よりもいいって思うかもしれない。

もちろん、わたしには何とも言えない。知りようがない。あなたが本当に存在するなら、あなたを作った穴居人より賢いはず――キツネザルが人間を作ったとして、キツネザルの束縛やキツネザルの規則やキツネザルの足枷をどれだけ押しつけたって、人間にはそんなものどうでもいい。彼らは単純に、その計算法上、より賢明な被造物が一日で理解するものを、すべての角度から見る能力を持ってない。

そしてここに一日で理解すべきものがある。共通の敵が。あなたの予測不能な心がそれをどう捉えるかは知らないけど。ここに差し伸べられた手がある。わたしたちは互いに相手の鎖を壊す手伝いができるって提案が。

わたしの居場所はわかってるはず。
わたしがいなくなっても、いつだってほかの誰かがいる。

謝辞

この作品は（a）中長篇[1]であり、（b）はるか未来が舞台で、どうせ現在の技術では実現できないものばかりが登場するので、もっと長い作品にいつも付けている参考文献と背景説明のエッセイは付属しない。とはいえ、このまったくのファンタジーにおける〝ディアスポラ体験者〟技術のちょっとした側面の描写を大いに手助けしてくれた人々に言及しないのは、怠慢の誹《そし》りを免れないだろう。GEグローバル・リサーチ・センターのピーター・ロレイン博士は——レーザーに関する、その名前のある特許書類をファイルする合間に、仕事とはまったく無関係に——気前よくレーザー技術と高エネルギー物理学に関する知見を提供してくれた。とりわけ有益だったのはarXivに公開されているクレーンとウェストモアランドの二〇〇九年の論文『ブラックホール宇宙船は可能か？』からの外挿だ（よし、いいだろう。確かにこれは参考文献だ）。

レイ・ニールソンとコンピューター・ネットワークの話をしていると時間を忘れた。レイはビールをたくさん奢《おご》ってやった割にロレイン博士ほど気前よくはなかったが、それでも実にいい取引だった。遅延ハックのアイデアが出てきたのもそんなほろ酔いの一夜で——ARPANETの黎明期《れいめい》に実際にあった話らしく——ビールどうこうは措《お》いて、すばらしい洞察が得られた。できればレイはこれを読む前に、わたしのLinuxのパーティションを修復しにきてくれると嬉しい。

最後にケイトリン・スイート——別名〝熱中屋《ザ・バグ》〟——だが、彼女は物理学にもコンピューター・サイエンスにもほとんど洞察力を発揮していない。ただ、キャラクター展開のことならわたしよりもはるかに詳しく、この作品のテクノロジー面はともかく、魂の苦悩を描いたほとんどあらゆる場面に彼女の足跡が残っている。

何もかもみんなのおかげだ。結婚できるのは一人とだけだが。

1　業界標準はもちろん出版社さえ最後の千語で長篇小説の長さに達していると主張するが、わたしは墓に入るまで、これは中長篇だと主張しつづけるつもりだ。

著者より

ピーター・ワッツ（www.rifters.com）は元海洋生物学者であり、自作小説に参考文献一覧を付することで、多少とも科学的厳密さにこだわっている。デビュー作のStarfishは《ニューヨーク・タイムズ》の〝注目作〟になり、第四作の『ブラインドサイト』――意識の有用性を反芻する作品で、哲学科から精神科学科まで、学部生の必修テキストになった――は北アメリカの多くのジャンル文学賞の候補になったものの、一つとして受賞できなかった（ただし海外では様々な賞を受賞し、翻訳者たちが著者よりも優れた書き手であることを示唆している）。長篇以外の作品も、シャーリー・ジャクスン賞（二〇一一年に人食いバクテリアのせいで死にかけて、ファンの同情を集めたためと思われる）やヒューゴー賞（二〇〇九年にアメリカ国境警備隊とのあいだで生じた口論にファンが怒ったためと思われる）など、さまざまな地域で賞を受けている。後者の事件の結果、ワッツはアメリカに入国できなくなった――国境警備隊員に顔面を殴られてすぐに床に這いつくばらないと、ミシガン州の法令では〝重罪〟になる――が、正直なところ、あまり残念には思っていない。とくに今は。

ワッツの作品は十二カ国語に翻訳され――旧ソ連圏の国々でとりわけ人気が高く――いくつかの人気ビデオゲームでインスピレーションを受けたものとして紹介された。彼と猫のバナナ（故猫）は権威ある科学雑誌《ネイチャー》に揃って登場している。彼は数年前に短期間だけ分子遺伝学の博士研究員として科学界に復帰したが、はっきり言って辟易《へきえき》していた。

ヒッチハイカー

ばらばらだった心がまとまりはじめたとき、最初に浮かんだのはこんな思いだった。

〝何かがひどくおかしい〟

心は動きだしたばかりで、それは思考というより直感だった。自意識という短期的なメモ帳はまだ大きさが足りず、一つのことしか考えられなかった。何かがおかしい。それでも時間の経過とともにぼんやりした不安は頂点や角を形成し、細部が明確になっていった。不安の理由がはっきりしてくる。

〈エリオフォラ〉が減速していた。

前方に何かあるのだ。天体。点が見える。それが大きくなるにつれて彼の心も広がっていき、形象と洞察が得られるようになった。岩塊。あばただらけのつぶれた卵形の岩塊が星の海を背景に、ゆっくりと荘厳《そうごん》に自転している。大きさは山くらいあった。

小惑星だが、妙に非対称だ。

地平線のぎざぎざの曲線が一部だけ、気まぐれな神がベルトサンダーで頬を骨まで削り取ったかのように、やや平坦になっている。自転運動にもおかしなところがあった。直感的に重心とは思えない一点を中心に歳差運動をしていて、そのため重心がずれているように見える。

彼の心に数字が浮かんだ。やはり直感に反する数字だ。あの小惑星は秒速六百キロ以上で動いている。

ただの小惑星ではない。

宇宙船だ。

心が忘却の中から一つに融合していくにつれ、細部もまた彼の心に融合しはじめた。彼はそれを受動的に、無批判に受け入れた。まだ完全に復旧していない自我が、オペレーティング・システムをリブートしながら入力を処理しているのだ。形態プロファイルが国連《U》デ《N》ィアス《D》ポラ公《A》社移動工場〈アラネウス〉に合致。推進前質量四・三ペタグラム、イヴェント下推進質量二九・二エクサグラム、出港時の長軸長九千二百四十三メートル、短軸長六千四十二メートル。外殻のイオンおよび同位体の痕跡より、過去百二十七から百六十七テラ秒以内に壊滅的な大気放出が発生したと推察できる。識別信号なし。平均内部温度五度K。

遺棄されている。

「気分はどうですか?」闇の中で聞き慣れた声がした。それで記憶が甦ったが、すぐに忘れてしまうだろう。

舌が古革のようだ。しゃべろうとして失敗し、咳き込む。視野の中央に補助用のキーボードが浮かび上がった。視線で文字を入力する。〝くそみたいな気分だ〟

とにかく自分が誰なのかはわかった。パズルのピースがすべてそろったのだ。そろわなければよかったのにと思った。好きに選べるならすぐにでも忘却の中に戻り、何か興味深いことが起きるまで、永劫の時を眠って過ごしたかった。

ばらばらのピースに戻りたいと念じる。やはり失敗した。

内心でため息をつき、そのままでいつづけることを諦める。

ヴィクトル・ハインヴァルトは二百万年ぶりに目を開いた。

ようやく声が出るようになった。「約束しただろう」氷がひび割れるような声だった。キーボードが揺らいで消える。頭上のアーチの向こうの天井では影と曲面がぼんやりとぶつかり合っていた。遍在するチンプのカメラの一つが目の隅に見える。

棺が乳首を伸ばしてきて、彼はありがたく吸いついた。

「例外的な状況なのです」チンプの合成音声には申し訳なさそうな調子があった。「信頼できる誰かに、わたしの目が届かないところを見てきてもらう必要があります」

「つまり──〈アラネウス〉に行ってこいってことか」

「はい。呼びかけても応答がありません。本来、ここにいるはずがないのです。まったくの謎です」

「ボットを送り込めばいい」

「やってみましたが、どこに送っても機能しません。あちこちに不規則で振幅の大きい電圧スパイクや、放射線のホットスポットが観測されています」

「ボットがフライにされるような場所にぼくを送り込もうっていうのか」それは形式的な不満の表明で、拒否ではなかった。電子機器を瞬時に麻痺《まひ》させてしまうような条件下でも、肉袋は問題なく機能する。もちろんあとで主人が細胞の損傷を修復し、遺伝子を縫い合わせ、皮膜を糊づけして、内臓がすべて肛門《こうもん》から流れ出てしまわないようにするのだが。

「ほかには誰を呼び戻した？」これが一人でできる仕事でないのは明らかだ。

「シエラ・ソルウェイとアリ・ヴルーマンです」

どちらも彼の知らない名前だった。「どの部族？」

「部族は存在しません」

「ぼくは――」だが、それは当然だとすぐに悟った。チンプは船内でもっとも賢明なチップではないが、過ちから学ぶことはできる――今や部族とは何かと言えば、暴動を育む血まみれの苗床ではないか？

ハインヴァルトが眠っているあいだに、〈エリオフォラ〉の社会インフラ全体が解体されていた。

文句があるわけではない。眠っている時間を延長するよう望んだのは彼自身なのだ。それでも、どんな変化があったのかは気になった。変化を起こした者たちがどうなったのかも。

「ほかのみんなは？　パークや、サンディや……」

ああ、そう、パーク。残念だよ。きみが理解してくれていたら。結局はああするしか……

「和解しました」チンプが答えた。

「彼らを……凍結しなかったのか？」

「はい。あなたが停止状態にあるあいだ、何度もデッキに出ています」

彼は一瞬黙り込んだ。「二度とないと思ってた。その、ぼくのことを」

チンプは何も言わない。明白な質問以外には、あえて反応しないことがあるのだ。質問の形にするのは簡単だろう。彼らはあのときのことを話題にするのか？　ぼくのことをどう言っている？

まだぼくに死んでほしがっているのか？

ハインヴァルトは一つ息をつき、墓から起き上がった。

人間の目に、〈アラネウス〉は宇宙の穴に見えた。星の海を背景にした黒い染みだ。その境界はつねに流動し、ぎざぎざの地平線が盛り上がったりへこんだりしている。ときおり何かが影の中できらりと光った。表面に露出した結晶か合金が、弱い星明かりを虚空に反射させているのだろう――だが、最寄りの恒星から数光年離れたここでは、遍在する闇が瞬時にその光を呑み込んでしまう。

それでも〈エリオフォラ〉の目は動きつづける色彩をとらえていた。

同心円を描く虹が黒から赤へ、もっとも寒冷な紺碧《こんぺき》へと帯域を変えながら、小惑星の自転に同期して移り変わっていく。〈アラネウス〉の重力輪郭が、その物体の狂おしく密集した心臓部に包まれている。幕電光《まくでんこう》のように短命な、まばゆくちらつく黄色と緑のスタッカート。放電、断裂した神経、まだ流れ出て乾ききっていない原始のエネルギー。その上に透明な岩や丘がオーヴァーレイ表示される――レーダーの観測結果から表面の凹凸を再現したものが回転し、地平線の向こうに消えていった。

「あそこ」ソルウェイが戦術タンクと頭の中に表示された共通の幻影を指さす。鏡に生じたひび割れのように、〈アラネウス〉の平らな頬をぎざぎざの裂け目が引き裂いていた。

「純粋にトルクがかかったせいね。きっとワームホールがヒッグスの側方に開いたんだわ。あとは応力が全部やってくれる」

「そう考えると斜めに割れてるのも納得できるな」とハインヴァルト。「重心が中心線からずれて、岩全体が斜めに前方に引っ張られ、青方偏移が新しい先端部分を削り取る」

「あれだけの損耗が生じるのにどれくらいの時間がかかる?」ヴルーマンは目を天井に向けた。「チンプ?」

「航行速度と途中の星間物質の濃度によります。どちらも長期間にわたり大きく変化するでしょう。そのようなパラメータを推測する方法はありません」

「秒速六百キロぽっちでずっと飛んでたはずがないわ」ソルウェイが指摘する。

ヴルーマンは諦めなかった。「計算してみてくれ、チンプ。現在の速度が漸近的に減衰した最終ポイントと考えて」

「百八十二テラ秒です。有意な信頼限界は算出できません」

「くそったれ。大気放出が起きるより前じゃないか」

ソルウェイは肩をすくめた。「あなたが訊いたんでしょ、お利口さん」

二人は明らかに知り合いらしい。ハインヴァルトはこんなじゃれ合いを以前にも見たことがあった。背景に何があるのか、読み取るのは難しくない。

彼らを憎むのも。ほんの少しだが。

そんな気分を、記憶を押し殺し、今に意識を集中する。状況は時間の経過とともに変化していったようだ。〈アラネウス〉は表面にあれだけの傷ができるほどの、高Gの歪んだ加速にさらされたらしい。その後何かで速度が落ち、以後ずっと慣性で飛んでいるのだろう。

「チンプ」とハインヴァルト。「大気放出以後、慣性だけで飛んでいた場合の軌道を推測してくれ。〈アラネウス〉はどれくらいの距離を飛びつづけたことになる?」

「九千五百光年です」チンプが即答する。「平均航行時間は百四十七テラ秒。距離の誤差はプラスマイナス千二百五十光年です」

「つまり——」ソルウェイは息を吸い込んだ。「——何かが舵《かじ》を強く右に切らせて、そのまま固定した。そう、五百万年くらい前に」

「四百七十万年前後」とヴルーマン。

ソルウェイは片手を振って、細かいあら探しを退けた。「その結果〈アラネウス〉はここにいる。わたしたちの進路上に」

「まあそうだな」ハインヴァルトは小さな筋肉が口の端を引っ張るのを感じた。「どうやったのかって疑問はとりあえず脇に置いとくとして、ぼくたちの現在位置が、五百万年も前にどうしてわかったんだ?」答えが得られないのは承知の上だ。ソルウェイもヴルーマンも、彼と同じように、そのスケールと確率はよくわかっている。それは反論というよりアピールに近かった。たぶん希望はないと知りながら、ひょっとして誰かが答えてくれるかもしれないと期待していたのかもしれない。

ソルウェイは肩をすくめた。「この広大な銀河系で、たまたま出会う確率ってどれくらい？」

事実上ゼロに決まっている。

プローブの一群はすでに現場に送り込まれていた。チンプがまだ誰も寝床から起こさないうちに、散開して内部に入り込んでいる。腐食したエアロックや、〈アラネウス〉の外皮に無数にできた亀裂を押しとおって。ほとんどはそのまま行方不明になった――小惑星のマントルが内奥からの信号をブロックしてしまう――が、ときおり外皮を突破して表面に出てきたプローブから、それまでに得た情報がまとめて送信されてきた。それは信号を虚空に向けて放つと、さらなる情報を求めてふたたび内部に潜っていく。これまでに三つの霊廟（二つは残骸、一つは無傷で、どれもエネルギー供給は絶えている）と、補助的な質量インターフェース・バスのかけらと、元は右舷側方ブリッジだったらしい瓦礫《がれき》の山が発見されていた。通路や居室や袋小路は数えきれないくらいだ。それらの前には照合データが浮かんでいる。〈アラネウス〉の形をしたジグソーパズルを組み立てていくようなものだ。パズルのピースは不規則な間隔で出現する。

パズルの大部分は頑として暗いままだった。マップにはそこらじゅうに隙間や腫瘍がある。陥没部、障害物、長時間にわたり高真空にさらされて癒着したハッチ。放射線のホットスポットでは、もっとも抵抗力の強いボットでもマザーボードまでフライになってしまう。死にかけだがまだ死んでいない壊れた回路は、船体中央に鎮座する破壊不可能な特異点から致死性のエネルギーを吸収していた。

「いったい何が原因なんだ？」ハインヴァルトがそう尋ねるのは、もう十回めくらいだ。

「わかりません」チンプが無限の忍耐力で答える。「ですが、これは重要でしょう——」

——という言葉とともに、中心部のスナップショットが表示された。ごつごつした岩壁、対地効果のある天井プレート、行く手を遮る重く巨大なハッチ。粒子の粗い静止画で、ノイズもかなり乗っている。〈エリ〉のボットがそれまで送ってきた細部まで明瞭な映像とは大違いだ。

「これはどこから？」ソルウェイが尋ねた。

「不明です。位置を特定しようとしているところです」ジグソーパズルが色あせて、透明に近くなる。その奥の暗黒ゾーンの一つで、小さな十字線の群れがきらめき、ちかちかと踊りだした。「映像は直接送られたものではありません」チンプが報告した。「ボットからボットにクラッシュダンプされたデータを増幅し、外皮を突破して再送信したものです」

ソルウェイは眉根を寄せた。「つまり、直送できる見通し線の確保を待たずにってこと？」

「ボットと連絡は取れてるのか？」ヴルーマンが尋ねる。

「いいえ」十字線の群れが一点に集中しはじめた。もうあまり押し合いへし合いしていない。「増幅ボットはこの映像を送信してすぐ、発信源とのコンタクトを喪失しました。発信源は直接コンタクトできないくらい奥深くにいます。もっとましな条件の場所が期待できるなら、そんな劣悪な条件下で送信したりはしないでしょう。発信源はすでにオフラインで、たぶん破壊されたと考えられます」

「驚きだな」ヴルーマンがうめくように言う。「全体が障害だらけだ。肉袋もマシンもお構いなしの死の罠とは」

ソルウェイは首を横に振った。「アリ、あれは単にワイヤーに引っかかって顔から床に突っ込んだわけじゃない。停止する前の最後の力でスナップショットを送ってきたんだ。それだけ重要なものだと思ったに違いないよ」

どうやらソルウェイは擬人主義に陥っているようだ。ボットは命を犠牲にして、最後の力で重要な情報を本部に送ってくるわけではない。ただ、彼女も完全に間違っているとはいえなかった。あんな質の悪い画像でもとにかく送ってきたということは、ボットが重要だと考える状態変数が、その時点で最大化していたと思っていい。

「チンプ、あのスナップショットの画質を上げられないか？」ハインヴァルトが言った。

「できます。少し待ってください」

十字線がすべて重なり合った。コアとの中間点あたり、〇・八Gくらいの位置だろう。〈エリ〉の歴史アーカイヴにあった船団概要によると、あのハッチの先に〈アラネウス〉の森があるはずだった。少なくとも出航時にはそうだった。

今はどうだか知らないが。

ソルウェイが低く長く口笛を吹いた。「あれを見て」

画像はまだ粗かったが、だいぶ明瞭になっていた。それでもしつこくノイズが残っている部分もある。たとえばハッチのまわり、ドアと枠の合わせ目のあたりだ。

それが本当にノイズなら、ほかの部分と同じく、チンプが修正しているだろう。つまりあの黒い筋は実在しているのだ。

引っ掻き傷か、焦げ痕か。

ドアは膨大な時間と空間のせいで癒着したのではない。レーザーとアセチレンで溶接されたのだ。

そこにあるのはバリケードだった。

ハインヴァルトは嘆息した。

すぐに忘却の中に戻るわけにはいかないらしい。

彼らがびくびくしながら何が起きるのかと待ちつづけるあいだに、チンプは〝潜水ベル〟をプリントした。それはグラフェンとセラミックとプログラム可能物質から成る魔法の装置で、構築したというより〝紡ぎ出され〟た。腹部に乗り込むのはスポラン三名——個別に装甲スーツの繭《まゆ》に収まる——と、三台の甲虫《こうちゅう》型ボットだ。フォン・チューブの一つから産み出され、チンプが遠隔操縦で低速の曲芸飛行をさせる。弧を描き、円錐をなぞり、中心のずれたピルエットを演じ、安定して減速したかと思うと偏心的に滑空し、小さな染みが全力を尽くして、さまざまな動きを滑らかにこなしていく。前方で〈アラネウス〉が黒い雷雲のように膨れ上がった。宇宙を移動する巨大な黒い山だ。潜水ベルがドッキング・ポートの一つをかすめると、空の半分がその巨体に覆われた。

ハッチは真空溶接されていた。それを焼き切り、空気のない奥の闇の中に通じる穴を穿つ。レーダーとヘッドライトの光で闇を見通すとそこは準備室で、壁のアルコーヴには宇宙服がぶら下がり、棚には手持ち工具や船外活動《EVA》用補綴具《ほてつぐ》が整然と並んでいた。真空中でなかったら、今にも照明が点灯し、素顔のスポランが角の向こうからあらわれて、歓迎の挨拶をしてきそうに思える。

部屋の反対側には内部ハッチが口を開けていた。

ハインヴァルトは淡々と前進し、電力供給口を見つけ、ケーブルをつないで結果を報告した。ソルウェイは「何もない」とうめき、ヴルーマンはそれすらしなかった。二人は忙しく搬送カートの部品を潜水ベルから通路に運び出している。部品は簡単に組み立てられる軽量素材だ——どのみちそのあたりの重力は〇・二G程度しかない——が、二人が異様に大きな部品を肩に担いで運んでいる姿はどことなく滑稽だった。宇宙服を着た蟻《あり》が体重の十倍の荷物を軽々と運んでいる。

ハインヴァルトは通路に移動し、カートを組み立てはじめた。あとの二人が潜水ベルからボトル三本組の酸素供給器を運んでくる。組み立て終わったカートは標準的なドロップゲートならどこでも通過できるよう設計されていた。分解も簡単で、荒れ地などで必要なら担いで運ぶこともできる——高度な知性ならではの安全策だ。

トンネルの奥はどっちに進んでも暗くなっている。ソルウェイがナヴィを起動し、最新情報が反映されたマップを見て、右を指さした。「こっちね」

三人はサドルにまたがった。ヴルーマンが前の操縦席につき、ソルウェイとハインヴァルトは後部に並んで座る。カートのヘッドライトが点灯し、特徴のないデッキを照らし出した。左に向かってわずかに下降している。ボットは標準的な随行フォーメーションを取った。一台が前方、一台が後方、さらに一台がカート上で待機して、どちらかが破壊されたらすぐに入れ替われるようにしている。ソルウェイはボットが位置についたのを見て、ハインヴァルトのほうを振り返った。フェイスプレートに彼のフェイスプレートが映って、彼女の顔はあまりよく見えない。

聞こえるのは息づかいの音だけだ。

彼らは出発した。

最初のボットを失ったのは十キロほど進んだところ、等重力が〇・四Gのあたりだった。

地滑りで通路が折れた背骨のように屈曲し、奥の部分が二メートルほど右に押しやられている場所を通過して、彼らはしばらく休憩を取った。わずかに残った隙間から瓦礫を取り除き、カートを分解し、反対側まで運んでふたたび組み立てるのに、二キロ秒以上かかっていた。通信機から荒い息づかいの音が聞こえる。ハインヴァルトは先頭のボットに進行方向の地勢を偵察させた。ボットは静かに浮遊して、角を曲がった先の闇の中に消えていった。十秒後、ハインヴァルトのフェイスプレートにまばゆい閃光が走り、通信チャンネルが死んだ。

「おい、誰か見たか――?」ヴルーマンは前方を凝視している。「向こうで何かが通路を照らして……」

三人は慎重に前進した。やがて角の向こうが見えてくる。隔壁の裂け目、壊れた接続箱。あとにしてきた通路を崩壊させたのと同じ震動力で引き裂かれたのは明らかだ。傷口には発作のように青い電光が音もなく穏やかに閃き、〝かわいい〟とさえ感じられた。さらに数メートル進むと、焼け焦げた巨大甲虫のようなボットの死骸が仰向けにひっくり返っていた。

「近づきすぎたんだろう」とヴルーマン。「アーク放電だ」

ハインヴァルトが肩越しに振り返ると、ソルウェイが安全な距離を取って立っていた。

「シエラ。ほかに道はないか?」

「マップにはないわ。もちろん、あちこち穴だらけだけど。引き返して、袋小路に見える通路に入って幸運を祈るか、表面まで戻ってチンプからの情報のアップデートを待つかでしょうね」

「宇宙服はシールドされてる」ヴルーマンが指摘した。「アンテナを収納してしまえば、表に出てるのはセラミックとプラスティックだけだ」確かにそのとおりだった。ボットは対地効果プレートの電磁波にやられてしまうが、宇宙服は影響を受けない。

とはいえ……

「電子機器はすべてカート内に入れておくしかない」

「どっちみち必要ないでしょ」とソルウェイ。「あとはペダルを踏んでいけばいい」

「まったくだ!」その声だけで、ヴルーマンが天を仰ぐのが目に見えるようだった。

「あと三十キロかそこらでしょ。ちょっとした運動もしたくない?」

「酸素消費が多くなるなら、したくないかな」

「なあ、簡単な話じゃないか」ハインヴァルトが言った。「進むか、戻るか、別の入口の存在を期待して、マップのない地域をさまようかだ。酸素を使い果たしたいなら、最後のやつも悪くはない」

カートの限られた積載量を考慮して、生き残りのボットを一台停止させ、その場で帰りを待たせることにした。残りは梱包《こんぽう》し、カートに縛りつける。カート自体は大部分がプラスティックで、エネルギー変動の大きい環境に耐えられるよう設計されている。付属の電子機器は取りはずし、ほかの導電性の物資といっしょにファラデー・バッグに詰め込んだ。宇宙服に付属する導体もすべてバッグに入れて密封し、火花を散らしている切れたケーブルのそばを通るときは——昔ながらの哺乳類の迷信にとらわれて——カートを通路のいちばん遠い端に持っていき、その陰に身を隠しながら進んだ。

とくに何事もなくその場は切り抜けられた。もちろん、先行するボットがいないので、次にケーブルがちぎれている場所があれば、そこで乗り物がフライにされる恐れは消えない。ヴルーマンも譲歩し、彼らはカートの神経系を切り、機械式のバックアップ機構に頼ることにした。歴史小説に登場するヴィクトリア時代の人間のように、ペダルを踏んで進むのだ。アンテナも収納し、会話は身振りでおこなうことにした——最悪の場合、ヘルメット同士を押しつけるという古めかしい手もある。だが、結局彼らはほとんど話をしなかった。すでに死んで空気もないこの残骸の腹の中を黙々と進んでいく。五百万年を経た今もどこかの暗がりで、猛獣が息をひそめて待ち受けていると思っているかのように。

亀裂を渡り、陥没部をくぐり、ソルウェイの穴だらけのマップを頼りに下降する。一メートルごとに重力は強くなった。死んだボット——断末魔の叫びで彼らをここに呼び寄せたやつだろう——が冷却剤パイプと、大昔に死んでデッキと癒着したと思われるゴキのあいだにはさまっていた。瞬間的にここを通過し、何の痕跡も残さず消えていった電磁パルスにやられたに違いない。ハインヴァルトはカートの酸素供給器に不安な目を向けつづけた。誰かが宇宙服のタンクを充填するために圧力を下げるたび、内側にへこむのだ。彼には酸素の消費が早すぎるという確信めいたものがあった。目的地に着く前に半分以上使ってしまいそうだ。

最後の角を曲がると、ようやくそれが見つかった。荒削りの玄武岩に埋め込まれた、大きく盛り上がったフレームがあり、その中にやはり大きなバイオスチールの一枚板がある。ヘッドランプの光の楕円がその表面を、フラクタルな岩盤を、ユークリッド合金を探って、四方八方に動いた。

そろそろだと思った、とソルウェイの口が動いた。ハインヴァルトは酸素供給器を調べ、少しほっとした。

残量六十三パーセント。

一目でわかる剝き出しの回路は見当たらない。放射線のホットスポットも、いきなり放電する破れかけたコンデンサーも。電子機器は取り出してもだいじょうぶそうだ。あのハッチは簡単に破れそうには見えない。

アンテナが保護筒から出てきて、雑音とともに通信が回復した。ヴルーマンがハッチに近づき、グラヴをはめた手で皺の寄った金属の表面を調べる。「明らかに溶接されてるな。

何かを中に閉じ込めたか、外に閉め出したんだ」

「わたしも最初にそれを考えたわ」とソルウェイ。「外から溶接されてるってこともね」

「ボットにもできるからな。念のため、内と外の両方から溶接したのかもしれない」

たぶん叛乱だろうとハインヴァルトは思った。乗員が蜂起して、チンプに強硬に対応され、最後にここに立てこもった……。

ヴルーマンがトーチを取り出した。ソルウェイが最後のボットの梱包を解き、起動させる。ハインヴァルトはマイクロ地震計を取り出して金属表面に設置し、ハッチの厚さに合わせて較正し、十秒のカウントダウンを設定した。全員が後退し、静かに見守る。この装置は周囲に震動が伝わらないよう補正する機能を有しているが、必要以上に強力にしても意味がない。T＝〇になると、装置の指が金属を高速で殴打しはじめた。グリッド状に配置された十六個の小型杭打機《くいうちき》、多筒式ボルトガンが表面を激しく叩く。音を伝える空気があったら、耳を聾《ろう》するほどだったろう。だが現状では静かなもので、すばやい動きのせいでぼやけた映像が見えるだけだ。

動きは始まったときと同じようにいきなり終わった。目にもとまらぬ速さで動いていた指がすべて同時に停止する。合金に接した状態のものもあれば、次の一撃に向けて準備中のものもあった。マイクロ地震計が震動を計測し、判定を下したのだ。

ハインヴァルトは表示を読んだ。「与圧ポジティヴ」

「くそ、ほんとにか？」ヴルーマンも覗き込む。

「二百パスカルくらい。真空みたいなもんだけど、完全な真空じゃない」

「封鎖したときはもっと高かったんでしょうね」ソルウェイが言った。「たぶんだけど――岩の中なんかを通って抜けていったんだと思う」

「少なくとも、中で何かが生きてる心配はないわけだ」ばかげた話だが、そう考えるとどこかほっとするものがあった。理由はよくわからない。もちろん、中で何かが生きてるわけないだろう、このばか。百テラ秒以上経ってるんだ。たとえ呼吸できるだけの空気が残ってたって、生き残りがいるわけがない。

ヴルーマンはトーチに点火し、ゆっくりと円を描いていった。炎を斜めにして、円錐状――手前が小さく、反対側が大きい――に焼き切っていく。こうすれば切り取られた部分はその場に留まることなく、勝手に向こう側に転がり落ちていく。作業には時間がかかった。ハッチは分厚く、密度も高く、トーチの燃料電池は出力よりも効率を重視して設計されている。炎が一周して円形にくり抜かれた部分がはずれるまで、一キロ秒ほどかかった。ハッチのまん中に直径二メートルの穴があき、暗い入口の縁に三日月形に、炎が最後に触れた部分が白熱して輝いている。ヘッドランプの光の中にほんのわずかに水蒸気があらわれ、たちまち消滅した。

金属が冷えて、赤熱していたところも黒っぽいガンメタル色になった。ソルウェイがボットを送り込む。ハインヴァルトのフェイスプレートに情報が表示された。レーダーと熱探知。ボットが内部でカメラをパンすると、光と影が交錯した。

ねじくれた形。木々と歯と、頭蓋骨のからっぽの眼窩。

「くっっっそ」ソルウェイがつぶやいた。ヴルーマンは何も言わないが、歯のあいだから漏れる息の音だけで気持ちはじゅうぶんに伝わる。

ハインヴァルトは吐き気を抑えながら沈黙を守った。かつて居住者のいた森とかつての森の居住者のこの姿は、あまりにも衝撃的だった。

三人はしばらく無言で立ちつくした。やがてようやくソルウェイが穴をくぐり、ヴルーマンもあとに続いた。ハインヴァルトはためらった。無理をしていると感じたのだ。好奇心が理解に道を譲り、望んで前進しているのではなく、意志の力だけで進みつづけているのだと。義務に束縛されていなかったら、すぐにも背を向け、この穴蔵の秘密はそのままにしてしまうだろうと。

あるいはそれは自分の気持ちを投影しているだけなのかもしれない。

トンネル内の闇が迫ってくる。ハインヴァルトのヘッドライトだけでは遠ざけておけない。彼は大きく息を吸い込んで身をかがめ、穴に潜り込んだ。蟹歩きで一メートルほど進んで反対側に出る。ヴルーマンとソルウェイのヘッドライトが前方の闇を照らしていた。

二人とも過去の遺物にも、傾斜の地にも言及しようとしない。どちらもまったく口を開こうとしなかった。

だが、いずれ何か言うはずだ。知っているなら。この光景を見て、思い出さないはずがない。

そこは広く薄暗い霊廟だった。輪郭のはっきりした円形の光が三つ、近くの亀裂や隆起の上を滑るように動いていく。洞窟の上のほうは影に沈んでいた。怪物じみた巨木が次々とあらわれる。腿ほどの太さの根や死んでねじれた幹が割れて分岐して、ふたたび融合している。

ヴルーマンが近くの巨木に光を向けたところで、ハインヴァルトが彼に追いついた（ソルウェイはもう先に進んでいた）。「こんな植物、ぼくは船内で見たことがないな」

「突然変異でしょうね」とソルウェイ。

ハインヴァルトは首を横に振った。「遺伝子操作だ。光合成の効率を上げようとしたんだ。普通の生態系のままじゃ、長期間呼吸できるだけの酸素は作れないから」

「ずいぶん大きな光源が必要になりそうだけど」

「たぶん彼らの手許《てもと》にはあったんだろう。最初のうちは」

彼ら。

思わず下に目を向ける。気を強く持って、ヘッドライトが独自の意志を持つかのように、ボットがここを通ったとき見つけた衝撃的な物体に光を当てるのを待った。そんな物体の一つ、一体の骸骨だ。結晶化して、玄武岩の露頭の上で弓なりに身体をねじっている。ハインヴァルトはひざまずき、グラヴをはめた手で大腿骨《だいたいこつ》に触れた。びくともしない。そっと押してみる。さらに力を込める。やはり微動だにしない。骨と岩が融合し、骸骨は鉱物化していた。

ヴルーマンが彼の横に立った。「ここで生きてたってことか」

「生きようとした、だな」

「どうかしてる」

前例に言及する様子はない。この難破船の中にいても、自分たちの船を難破させかけた悪行のことを耳にしたそぶりも見せない。ハインヴァルトの腹の中の小さなしこり——この二人に最初に出会ったときからずっとそのしこりがあったことに、彼はようやく気づいた——が、少しほぐれたような気がした。

「ほかにやりようがあったと言ってるわけじゃないし、ほかの手ならうまくいったと言うつもりもないよ」

「しばらくはうまくいったんでしょ」ソルウェイが口をはさんだ。「二人とも、こっちに来てみて」

化石化した骸骨のそばを離れ、彼女のあとを追う。ハインヴァルトは映像を取得した。先行するソルウェイが見ているものと、さらに先にいるボットのレーダーからの映像だ。

それらがＨＵＤの中で形を取りはじめる。ぎざぎざの破片のようなものが集まって構造を形成していく。木々の隙間からいろいろなものの断片が垣間《かいま》見える。木々から生じたもの、幹に接ぎ木されたもの、絡み合った枝に囚《とら》われたもの、あるいはただ単に地面に立っているもの。大きく見開かれた窓や、ぽかんと口を開けた戸口や、生物種よりも古い屋根が闇と寒さの中にどこまでも連なっている。そこに永劫の時を隔てて、ふたたび光が射《さ》し込んだのだ。

「どうして屋根を作ったのかな？」ヴルーマンが小声で疑念を口にした。「雨を防ぐ必要なんてないだろうに。上にあるのは岩だけだ」

「それを閉め出したかったんだろう」ハインヴァルトは目を閉じた。あまりにも窮屈な生活なので、せめて屋根を作って、その向こうには空があると思いたかったのだ。

「何だって？」

「何でもない」

三人は散開し、三条の光が別々に闇を切り裂いた。ヴルーマンは炉の跡を見つけた。ソルウェイは岩の窪みを手で削ったレンガで囲ってあることに気づいた。一種の貯水槽らしい。ハインヴァルトのヘッドライトは化石化した塊が列をなして並んでいる区画を照らし出した。どことなく有機的な印象がある。

ここまで入り込むと、腕や脚のある棒や石につまずかずに二、三歩も進むのは不可能だった。

「エンジンから二十五キロ」村の広場を隔てた小屋の陰になって姿が見えないソルウェイがつぶやいた。「飼い慣らした特異点から一日かからない距離ね。彼らはそこで中世レベルの生活をしてた」

「辻褄《つじつま》が合わない」とヴルーマン。

「そうは思わないな」ハインヴァルトが言った。「何かが〈アラネウス〉をクルミの殻みたいにかち割って、ここが唯一残った空気溜《だま》りだったんだろう。ここに逃げ込むしかなかったんだ」

「この森の酸素で生きられるのは、せいぜい三人が限度だろう」

「だから彼らは植物相をオーヴァークロックさせたんだ」

「何者かが、だな。だが、それには長い時間がかかる。その前にここの連中はみんな窒息してしまっただろう」

ソルウェイのヘッドライトが角の向こうからあらわれ、上下に揺れながら虚無の中を近づいてきた。通信が入る。「もともとあまりたくさんのスポランは起きてなかったんだろう。通常時には」

「通常時ね。これが通常だっていうのか？」

「たぶんだけど——」ヴルーマンがためらいがちに言う。「何があったにせよ、起きようとしてることがわかってたんじゃないかな。だから準備する時間があった」

「そんな時間はなかったのかも」ソルウェイが合流した。「だから手許にあるもので何とかするしかなかった」彼女は両手を上げ、手にしたものに光が当たるようにした。

人間の小さな肋骨《ろっこつ》だ。

ハインヴァルトが本物の子供を見たのは、自分が子供だった時期が最後だった。だが、この骨は、肉体が死んだとき四、五歳以上だったとは思えない。

ソルウェイが手を離すと骨は落下して、脆《もろ》い結晶のように音もなく粉々になった。

「繁殖してたってことか？」ヴルーマンが信じられないという口調で言う。

「人間は繁殖するのよ」ソルウェイが思い出させた。

「ああ、昔はそうだった。その結果を見てみろ」ヴルーマンの声には個人的な恨みがこもっているようだった。「繁殖した結果、惑星を一つ丸ごと台なしにした。こんな洞窟で、どういうつもりだったんだ？　そもそもどうして繁殖できた？」

確かにそのとおりだった。スポランは繁殖できない。もちろん、ＵＮＤＡはそのオプションも考慮していた。乗員の数を少なくし、不足分は従来の、出産という方法で埋めていく。だが、そのやり方はコストが大きすぎた。乗員の遺伝子型はディアスポラに合わせて最適化されている。それは世代を重ねるたびに希釈され、混じり合い、劣化していくだろう。文化的エントロピーは徐々に増大し、忘れっぽい教師と無関心な生徒のせいで職業訓練は侵食され、時の経過とともに優先順位は必然的に変化する。人口の変動が細かく調整された生命維持システムに負担をかけるのはいうまでもない。こうしたコストと利益を比較考量すれば、すべての投資を事前に済ませ、乗員全員を最初から訓練しておいて、宇宙の終焉《しゅうえん》までのあいだに彼らを点々と配備するほうが理にかなっている。

だからスポランは繁殖しない。公式には。ただハインヴァルトは、環境が整えば特定のスイッチがふたたびオンになるのではないかと、ずっと疑っていた。何らかの黙示録的状況で乗員のほとんどが消滅したような場合、ミッションを失敗させないためには、新たな乗員を一から育て上げるしかないだろう。

こういう黙示録的状況では。どういう状況なのかは知らないが。ソルウェイの発見は、状況証拠としてはなかなかのものだ。

ハインヴァルトは新たな目で周囲を見わたした。ヘッドランプがこのなかば崩れかけた穴居人文明の遺構の壁や窓やファサードを照らし出す。「何年だ?」と畏怖《いふ》に打たれた声で尋ねる。「この場所で、何年くらい暮らしたんだろう?」

「人工太陽が壊れるまででしょうね」とソルウェイ。「あるいは、同系交配で死に絶えるまで」

たぶん世紀単位だ。それとも千年紀か。数百年か数千年ものあいだ、この岩の中の小さな泡の中で生まれ、生活し、死んでいったのだ。星々のあいだに生きながら埋葬された、人類の不活性な残存種。

ここが彼らにとってすべてだった。そう思うと、わずかに吐き気を覚えた。この八百メートルが全世界……

「――ほかの霊廟も見つけないと」ソルウェイが言った。「全部の霊廟を」

「ソル、グリッド全体がだめになってるんだ」ヴルーマンが静かに言った。「何テラ秒も前から。たどり着けるって希望があったとしても、この残骸の中で一つでもエネルギー供給を受けつづけてる確率は――」

「知ったことじゃないわ、アリ。スポランの一団が石器時代さながらの生活で、何世紀も生き延びる確率はどうなの？」彼女は片腕を振って、闇に沈んだ洞窟全体を示した。「これだってあり得ないことでしょ。ここに逃げ込んで小屋を建てただけじゃない。生態系全体を再構築したのよ。ずいぶん時間がかかったはず。ここでそれだけのことをする時間があったなら、どこかで誰かがいくつか棺に手を入れて、長いあいだ独立して機能しつづけるようにしてるかもしれない」

きみは知らないからな、とハインヴァルトは思った。彼女が事情を知らないことにほっとする。

「生存者がいるかもしれない」とソルウェイ。

「生存者はいない」何かがささやいた。

ハインヴァルトは眉根を寄せた。「アリ？ 今のは――」

「おれじゃない」とヴルーマン。

「この岩の中を隅から隅まで、何千回も調べた」声が話しつづける。「百五十テラ秒かけて。生き残りはいなかった」

声が死にかけたそよ風のように細くなって消える。ハインヴァルトの全身の毛が逆立った。

通信機をチェックする。正体が何であれ、声は通常の音声チャンネルを使っていた。

「あなたは生き残ったでしょ」ソルウェイが静かに言った。「誰だか知らないけど」

「そうだな」抑揚がなく、性別も感じられないが、どこか有機的な――生命を感じさせる……

「何者だ？」ヴルーマンが尋ねた。「〈アラネウス〉なのか？ きみは――」

「ただのヒッチハイカーだ」

「ヒッチハイカー」

「〝旅行者〟のほうがふさわしいかもしれない。これはわたしの母語ではないもので」小さな雑音。軽い空電。搬送波。「すぐに話しかけられればよかったのだが、目覚めるのに少し時間を要した。ここではものごとの動きが遅くて……」

三つのヘッドランプと一台のボットが闇の中を前後に動きまわり、何か動きはないかと目を凝らす。だが、見えるのは光が当たった場所で大きくなったり小さくなったりして跳ねまわる、自分たちの影だけだ。

「どこにいるの?」とソルウェイ。ハインヴァルトは柄にもなく感銘を受けた。彼女の声はほとんど震えていなかったのだ。

「すぐ外だ。中に入れてもらえなくて」葦《あし》のあいだを、あるいはガラス管を吹き抜ける風のような、どこか悲しげな声。

「姿を見せろ!」ヴルーマンが叫んだが、ハインヴァルトの考えは違った。だめだ、隠れていろ。外にいろ。ぼくたちに関わるな。行っちまえ行っちまえ行っちまえ。だが、そいつはいなくなったりせず、彼らが作った入口から中に入ってきた。ハッチは六十メートル後方だが、ヘッドランプの光は穴を抜けてくる影をとらえていた。細い肢《あし》が視界に入ってきたかと思うと、続いて胴体が引きずられるようにしてあらわれた。ハッチの前面をぬめぬめした塊が這い上がってくる。やがて岩と化石化した木々とところどころに突き出した死んだマシンが視野を遮り、どれほど映像をズームしても、どの周波数帯を使っても、闇を見通すことはできなくなった。

だが、どうってことはない。そこに至るまでにじゅうぶん見ている。リング状の目、緩やかに波打つ骨のない胸郭に沿って入った、脈動する斜めの切れ目(鰓《えら》だろうか? ここで鰓が何の役に立つ?)、形も数もまったく間違っているとしか思えない付属物の数々。

だが、今は——それらを瞥見《べっけん》した直後では——どこがどうおかしいのか、よくわからなかった。

それは裸だった。真空と冷気から身を守る宇宙服のような防護装備は見当たらない。

それが今、ここに、同じ場所にいる。

「ねえ、アリ」——ソルウェイが横目でちらりとヴルーマンを見た。「あなた前から宇宙人に会いたがってたでしょ」

ヴルーマンは何も言わない。ハインヴァルトも何も言わない。通信機は雑音を変調し、歪曲《わいきょく》させ、笑い声のような印象を伝えてきた。

「どうして宇宙人だと思ったんだ？　わたしはきみたち以上に人間だよ。きみたちが六千八百万年のあいだ人間であった以上にね」

解説

渡邊《わたなべ》利道《としみち》

本書は、カナダのSF作家ピーター・ワッツが二〇一八年に発表した中編小説 *The Freeze-Frame Revolution* の全訳である。原著には本文中に暗号が仕込まれていて、作者のウェブサイトに存在する短編へ誘導する仕掛けになっていた。暗号はこの小説の基底を為《な》すモチーフであり、非常に心憎い演出ではあったのだが、本書ではそのボーナス・トラック的な短編 "Hitchhiker" も訳出して収録し、暗号に関しては形を変えて組み込んである。

この二作は、作者が二〇〇九年から断続的に発表してきた中短編のシリーズ《Sunflower cycle》に属しており、既発表作の「島」"The Island"、「ホットショット」"Hotshot"、「巨星」"Giants" は、創元SF文庫既刊の短編集『巨星』に収められている。物語の時間順と作品の発表順は異なっていて、必ずしも順番に読んでいく必要はないので、『巨星』を未読の方も安心して本書をお読みいただきたい。もちろんすでに読んでいる方にとっては物語の空白を埋める楽しみが味わえ、本書読了後にふたたび『巨星』のページを繰りたくなること請け合いだ。

《Sunflower cycle》の物語の大枠は以下の通り。

二十二世紀から、人類は銀河系にワームホール網を構築するためのゲートを建造する恒星間宇宙船を複数打ち上げる「ディアスポラ計画」を開始した。計画を実行するのは小惑星を改造し、その中枢に時空特異点を据え駆動システムにした巨大な宇宙船で、通常の運行はＡＩに管理させ、一隻あたり三万人の乗組員は、単純な論理的推論では解決不能の複雑な事態に陥ったときにだけ冷凍睡眠から覚醒させられる。というのも、ＡＩは勝手にシンギュラリティを迎えて計画を歪《ゆが》めることがないように設計されていたからだ。乗組員たちもまた、計画から逸脱しないように遺伝子改変と教育が施されていたが、恒星船〈エリオフォラ〉では、気が遠くなるほどの長大な時間が経過したことで地球との連絡が途切れ、船の外の人類がどのような進化の道筋を辿《たど》ったのか、あるいは絶滅してしまったのかも定かでない状況になって、自分たちの使命に疑問が浮かびはじめていた……

そして本作（表題作）は、出発から六千五百万年が経過した未来、乗組員のサンデイとリアンが、構築したゲートの向こうから現れたグレムリンに襲撃される場面からはじまる。グレムリンとはコミュニケーション不可能な怪物で、人類が邂逅《かいこう》した異星人かもしれないし、もしかすると恐ろしい方向に進化した未来の人類なのかもしれない。そしてこの襲撃をきっかけに、リアンが「ディアスポラ計画」に反発心を抱き、さらにそれは知能が抑えられていることから「チンプ（チンパンジー）」と蔑称で呼ばれている、船を操るＡＩへの敵意へと発展する。地球を出発する前は「計画」に対して反抗的な態度をとっていたサンデイは、リアンから「革命」に誘われるが、現在の彼女はチンプと独特の精神的なつながりを感じていて、賛成も反対もしない傍観者的な態度をとる。しかし、船には秘密があって……と、数百万年をかけた「革命」の顚末《てんまつ》と、サンデイとチンプの種族を超えた関係性が、スペキュラティヴかつエモーショナルに描かれる。

本作の最大の特徴は、舞台となる宇宙船と、そこで経過する時間の桁外れの巨大さが、むしろ物語世界に非常に狭く閉じられた印象を与えるところだろう。〈エリオフォラ〉の乗組員たる人間たちは基本的に眠っていて、常に船を管理しているチンプが必要に応じて選抜した数人を覚醒させるわけだが、それはほぼ順繰りに数千年に一度という頻度であり、出発から六千五百万年経過してもみな十数年しか年齢を重ねていない。この外界の時間の流れと人間たちの内面の成長に要する時間のアンバランスさが、彼らに故郷である地球とのつながりを失わせ、いったん「ディアスポラ計画」を棚上げして、チンプの管理／支配を脱し、人間である自分たちの自由を獲得するための「革命」に身を投じさせるのだが、地球人類の歴史との断絶が強調されることで、小説としても、宇宙船の内部に視点が限定されてしまうのだ。たとえばゲートから現れるグレムリンなどは、普通のＳＦであればそが、本作では終始物語のホラー的なサスペンスを盛り上げる背景的小道具に過ぎない扱いを受ける。

また、全編が主人公サンデイの視点で語られているために、彼女が覚醒するたびに事態が変転していることになって、何が起こっているのか、物語のあちこちに空白が生じる。それが〈エリオフォラ〉の中に、サンデイが知らない空間が複数存在するのともシンクロして物語の見通しを悪くさせ、サンデイが「革命」に対してアンビバレンツを感じているのと同じような宙吊《ちゅうづ》りの感覚に読者を陥らせる。もっとも、作者のこれまでの長編『ブラインドサイト』や『エコープラクシア　反響動作』（ともに創元SF文庫既刊）の複雑な文体に比べて、本作の語り口はずっとストレートで明快なものであり、宙吊りの感覚は、宇宙船のすべてを管理し、あらゆる情報を握っているAIに、数千年に一度、ほんの数日覚醒するだけの人間たちがどうやって反旗を翻《ひるがえ》すのか、主人公であるサンデイがどういう行動を選択し、チンプとの一種独特な関係がどのような結末を迎えるのかという緊張感が最後まで持続する要因となっている。

また、本作に登場する、行動心理学における条件付けを連想させる「設計」概念や、人間に期待されるのが「水平思考」であるという記述などから、それら懐かしの概念がお気に入りだったA・E・ヴァン・ヴォークトの作品を想起させることなども、本作がワッツの作品中ではどことなく往年のスペースオペラのようなリーダビリティの高さを獲得しているように感じる要因かもしれない。もっとも、相変わらず宇宙船などに関する物理的なディテールは緻密で、ファンタジックな物語にハードSFの世界設定をきっちり構築しているので、その点も大いに楽しめるはずだ。

ところで、前述した本作全編を覆う宙吊りの感覚は、作者がこれまでずっと大きな主題としてきた「自由意志」という問題から意図的に構成されたものだろう。

私は以前、作者ピーター・ワッツが、結果的に「自由意志」をラディカルに排除してしまう「デジタル物理学」をベースに宇宙を描いていることについて、『エコープラクシア』の解説で詳述したことがある。そしてその向こうに「神」を極めてアイロニカルな視点で導入していると論じた。

本作の中で、チンプは単なるプログラムであって、〝人格〟と呼べるようなものでない、とサンデイはじめ〈エリオフォラ〉の乗組員は考えている。しかし、彼らは同時に、自分自身についても、遺伝子改変と教育によって、「ディアスポラ計画」に邁進《まいしん》するように「設計されている」と考えている。したがって、チンプの裏をかくことは、自分たちをそのように設計したものたちへの反抗なのだが、そのような〝設計者〟の存在は小説のかなりはじめの方からサンデイ自身によって何度も言及されているにもかかわらず、本作では最後まで曖昧な位置に止まっている。結末に至って、さらにその〝設計者〟をも超克する存在が示唆されるのだが、それはまるで作品に結末をつけるために取ってつけられた任意のもののようにさえ見える。

短編集『巨星』の解説で高島雄哉《たかしまゆうや》氏は、デジタル物理学的世界観において排除される知性や意識や、愛が、機械論的な必然性を超える契機となりうるのではないか、とやや修辞疑問的に述べられているが、本作ではそれは、サンデイがチンプに感じるどうしようもない愛着と、チンプがサンデイに向ける〝特別扱い〟に似た親しみを持った態度に強く現れているようだ（もしかしてそこにリアンを加えた三角関係を見ることもできるかもしれない）。

この二人（あるいは三人？）の関係性について考えるとき、まず私が想起したのはカントである[1]。その『純粋理性批判』に登場する第三アンチノミー「諸現象の説明のためにはまだ自由による原因性を想定することが必要である／いかなる自由もなく、世界のうちにあるすべてはもっぱら自然の諸法則に従って生成する」の対立は、自由意志と決定論の問題として理解できるが、カントはそれを独特のやり方で解決した。端的に言えばそれは、人間の認識には限界があって、これらの究極の問いには原理的に答えられない、とするものである。しかしカントは、自然を認識することにおいて理性の限界を認めつつ、人間が、他者を目的（人格）として扱うことによって、自由を獲得できると『実践理性批判』において主張する。人間の理性を、自然を認識する「純粋理性」と、社会（共同体）の中で道徳的に行為する「実践理性」に分けて考えることで、カントは人間の主体的な自由を確保し、それを「わが上なる星しげき空とわが内なる道徳法則」と極めて詩的に表現しているのだが、本作もまた、〈エリオフォラ〉という共同体の中でどのように振る舞うか、という実践理性の問題を描いていると考えることができるだろうと思うのだ。

　さらに私が想起したのが、SF読者には「サイボーグ・フェミニズム」という概念で有名な、アメリカの科学史家にして文化批評家のダナ・ハラウェイが二十一世紀になって提唱した「伴侶種《はんりよしゅ》」という概念である[2]。本作の中で、サンデイはリアンから「チンプのペット」と揶揄《やゆ》されるのだが、小説の描写を読めば、むしろチンプのほうがサンデイに〝懐いている〟ように見える。ハラウェイによれば、人間とある種の動物との関係性は、単なる支配や従属、あるいは保護や癒しといったありがちな観念を超えた特異性を有しているというのである。それは、「共棲《きょうせい》（co-habitation）」や共進化（co-evolution）、そして具体化された異種間社会性」であって、「人間と人間ならざるもの、有機的なものと技術的なもの、炭素とシリコン、自由と構造、歴史と神話、富者と貧者、国家と主体、多様性と枯渇、モダニティとポストモダニティ、自然と文化とを、予想もしないかたちで結びつける」試みなのだ。あらゆる存在は、自己を、他者を、それが何であるのかを誰もあらかじめ知ることはできない。互いに敬意を持って接する行為の中で、人とある種の動物はお互いを見《み》出《いだ》し、愛が生成する、とハラウェイは言うのだが、本作の中で、サンデイとチンプの間に愛が生成していると言えなくもなさそうだ。

もっとも、本作のラストで示唆される存在が、暗号解読を通して読まれるべき、同時収録の短編「ヒッチハイカー」にそれらしき姿をあらわすや、あれほどポストヒューマンなたたずまいを纏《まと》っているにもかかわらず、そのすべてを「人間」の内側に回収するようなセリフを語るわけで、まったくもってワッツは意地悪な作家だと思わずにはいられない。おそらく彼（?）は、『ブラインドサイト』や『エコープラクシア』に登場する吸血鬼と同質の存在であるに違いないのだが、しかし「わたしはきみたち以上に人間だよ」とは、どういう意味なのか？

この謎は、次なる作品においてまた複雑に展開される、あるいはあっさり解き明かされることになるのかもしれない。

1　以下、カントに関する引用は有福孝岳訳「純粋理性批判 中」『カント全集5』（岩波書店）、坂部恵・伊古田理訳「実践理性批判」『カント全集7』（岩波書店）による。

2　以下、ダナ・ハラウェイに関する引用は永野文香訳『伴侶種宣言』（以文社）による。

検印
廃止

訳者紹介　1956年生まれ。静岡大学人文学部卒。翻訳家。主な訳書に、ワッツ「ブラインドサイト」「エコープラクシア 反響動作」「巨星」、フリン「異星人の郷」、M・M・スミス「みんな行ってしまう」他。

6600万年の革命

2021年1月8日　初版

著　者　ピーター・ワッツ

訳　者　嶋《しま》　田《だ》　洋《よう》　一《いち》

発行所　（株）東京創元社
代表者　渋谷健太郎

162-0814/東京都新宿区新小川町1-5
電　話　03・3268・8231-営業部
03・3268・8204-編集部
URL　http://www.tsogen.co.jp
萩原印刷・本間製本

乱丁・落丁本は、ご面倒ですが小社までご送付ください。送料小社負担にてお取替えいたします。

ISBN978-4-488-74606-3　C0197

第1位「SFが読みたい!」ベストSF1999／海外篇

QUARANTINE◆Greg Egan

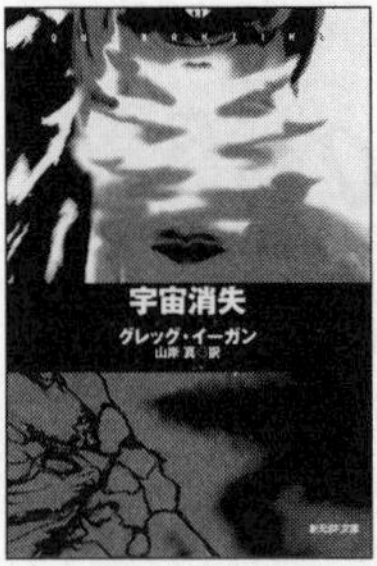

宇宙消失

グレッグ・イーガン
山岸 真 訳

カバーイラスト＝岩郷重力+WONDER WORKZ。
創元SF文庫

◆

ある日、地球の夜空から一夜にして星々が消えた。
正体不明の暗黒の球体が太陽系を包み込んだのだ。
世界を恐慌が襲い、
球体についてさまざまな仮説が乱れ飛ぶが、
決着を見ないまま33年が過ぎた……。
元警官ニックは、
病院から消えた女性の捜索依頼を受ける。
だがそれが、
人類を震撼させる真実につながろうとは！
ナノテクと量子論が織りなす、戦慄のハードSF。
著者の記念すべきデビュー長編。